掟上今日子的旅行記

西尾維新
NISIOISIN

譯／緋華璃

目次

第一天

1

原本在路上巧遇熟人就已實屬難得，並非事先約定也沒打算會合，卻偶然在旅途中巧遇又更加希罕。更別說是竟巧遇在異國，要說是天方夜譚也絲毫不為過。

更有甚者，巧遇在異國的這位熟人還是世上絕無僅有，身為最快偵探的忘卻偵探——這下子反倒要先懷疑自己是不是認錯了人。

然而，她卻自己報上名來。

「初次見面，我是偵探——掟上今日子。」

當我剛才什麼都沒說吧。

滿頭白髮的她終究是記憶每天都會重置的忘卻偵探，要說什麼彼此相識——巧遇熟人，也只是我單方面的認為。

無論是經常見面、偶爾見面，抑或是曾在哪裡見過面，對今日子小姐而言，我——隱館厄介，都只是初次見面的陌生人。

今日子小姐側著頭，面露困惑。

難不成是想起我了嗎——期待不免湧上心頭。

縱然那也只是連萬一也不敢企求的淡泊期待——

「Enchantee.」

很遺憾的，她不過是用當地的語言將「初次見面」再說了一遍罷了。

「Co……Comment allez-vous？」

不知所措的我，只好用我唯一知道的當地語言，也就是法文回答她——

呃，我其實並不知道自己說的這句話意思是什麼。

2

話說回來，應該要先照順序解釋一下事情的來龍去脈。像我這種冤罪體質嚴重到成為內閣調查室的監視對象，可疑程度已達國家級的男人，此時此刻之所以會出現在法國首都——世界首屈一指的觀光都市——花都巴黎的前因後果。

不然的話，難保不會引來「好傢伙，終於企圖逃亡海外了嗎」這種不必要的追殺——縱使我算是滿喜愛《環遊世界八十天》這本書，但我可不想從這種角度來體驗書本裡的內容。

不是的。我不是來拓展犯罪版圖的。

即便哪裡都不去，我也已經得要早、中、晚照三餐接受警察的臨檢盤問，所以完全不認為自己能順利通過各國海關的查驗，更壓根兒不曾有過「想出國旅行增廣見聞」的求知欲。

更何況，要是在語言不通的海外蒙受不白之冤——光是想像就足以令人頭皮發麻。如今各位已經耳熟能詳的那句「請讓我找偵探來」，要是沒人聽得懂，也就毫無意義。

不能找偵探來，我的人生就過不下去了。

這樣的我會搭上飛往法國的航班——來到既不說英文，也不用漢字的國度——只能說是命運的捉弄，但說穿了，還是我的冤罪體質搞的鬼。

因為是已經解決的案子，我想就長話短說吧。原本就職（再就職，或應說是再再再再就職）於某家旅行社的我，該說是依照慣例嗎，或要說是常有的事呢，總之是又三生有幸地成為某椿犯罪的頭號嫌犯——然後該說是依照慣例嗎，或要說是常有的事呢，總之我又找來合適的偵探（這次是鐵道偵探），證明了我的無辜。

接下來，由於被視為造成公司上下雞飛狗跳的主因，我又落得被炒魷魚的展開，也仍然是依照慣例常有的事，可是自從我收到用來代替遣散費（既是補償金也是封口費）的巴黎來回單人機票後，風向就改變了。

而且是過去沒怎麼經驗過的強風。

提到「風」，利用禮券或點數支付也算是符合時下作風，換個角度想，這樣大方以物抵債，還挺潮的——但揭開真相，其實只是把客人剛好取消的機票硬塞給我。

還真敢啊。

既能填補損失的利益，又能同時做為要支付給麻煩製造機的補償，這個算盤打得實在是太精了。

想到老闆是這麼精打細算不留情，離開這家公司倒是沒什麼好可惜。唯一困擾的，也只有不曉得該去哪裡賣掉這張棘手的機票。然而就在此時，任職於出版社，擔任漫畫雜誌總編輯的友人紺藤先生卻如此建議我。

「這不是挺好的嗎，厄介。反正你閒著也是閒著，就去散散心吧。」

「紺藤先生，你怎麼又這麼說……你每次都這麼說。我的確閒著也是閒著，多到可以拿來賣的就是閒時間。但為什麼會這樣呢？是呀是呀，因為我剛丟了工作呀。」

「別鬧彆扭了。巴黎是個好地方喔。而且在歐洲，身高像你這麼高的人隨處可見，你一去說不定反倒會覺得很自在哪。」

雖然我的態度依舊彆扭，但最後還是乖乖接受了曾在海外工作的紺藤先生給的建議，這並不只是基於「按照紺藤先生說的做，十之八九不會錯」的經驗法則，也或許是因為我已經厭倦一再被人冤枉、一再被開除的生活了。

感到極限了。

或說是希望處處碰壁的生活能因此產生一點變化——雖然動機聽來宛如大學生的尋找自我之旅似的——但是對我而言，與其是找尋，我還更想乾脆丟失自己的人生。既然如此，去個沒有人認識自己的地方可能也不錯。

沒有人認識自己的地方。

同時也是不認識任何人的地方。

前者姑且不論，藉由體會後者的孤獨，也許就能體會……或是多少能一窺每天記憶都會重置的忘卻偵探所面臨的心境也說不定——這麼不純正的動機，我當然沒敢讓紺藤先生知道。

如此這般，在命運的推波助瀾下，我只得隨波逐流地在短時間內完成去法國的準備，僅僅辦個護照就費了好大一番工夫，光是買個行李箱也搞到一堆警察衝進家中，雖然發生很多事，但如今回想起來，都是美好的回憶。

沒錯，出國前確實是波折不斷，但那時還算是開心的。

3

隨身行李檢查實在稱不上順利，候機加上飛行總計將近十五個小時的時間絕對稱不上舒適，感覺比移動時間還漫長的入境審查更是稱不上愉快，而來到行李轉盤領取行李箱的過程仍然稱不上流暢，但不管怎麼說，我這輩子總算是第一次踏上了異國的土地。

正式名稱是法蘭西共和國。

國土的總面積約五十五萬平方公里。

與日本的時差為八小時（夏天為七小時）。

貨幣是歐元。

象徵自由、平等、博愛的三色旗。

這麼一想，還是不禁亢奮，跳脫日常的感覺令人滿懷期待。

要隨處都可見身高像我這麼高的人固然有些誇大其詞，但是在這一刻，我已經果斷認為聽從紺藤先生的建議真是明智的決定——看著形形色色的人們在嶄新的國際機場內熙來攘往的身影，感覺所有在國內困擾著我的煩惱都是那麼地微不足道。

多麼平凡無奇的感想。

然而，這種平凡無奇的感想才是我夢寐以求的渴望。

原本心裡湧起一股衝動，想任由自己不斷攀升的高亢情緒驅使放聲大喊，但之所以能在最後一刻打消念頭，則是因為在形形色色熙來攘往的人群裡，我認出了一個特別引人注目的身影。

一個戴著眼鏡，滿頭白髮的年輕女性。

姑且不論在日本，但是要說這個造型在海外並不算稀奇——也是說不過去。即便是在時尚的集散地花都，她的存在依舊引人注目。那頭純白的，一絲污點也沒有的白髮，不可能不引人注目。

蓋到腳尖的單薄風衣搭上靴子，脖子上圍著絲巾。纖細的手臂瀟灑地提著兩個大到不搭調——甚至還沒有輪子的行李箱，正走向機場的出口。

「……？」

不不不，怎麼可能。怎麼可能會有這麼巧的事。肯定是我看錯。今日子小姐——忘卻偵探掟上今日子，置手紙偵探事務所的所長掟上今日子，是不可能出現在巴黎的。

是我剛到巴黎就想家嗎，想必是思念日本的心情讓我產生了幻覺——我試圖說服自己這麼想，但對於當時光看到機場就覺得感慨萬千的我而言，這麼牽強的理由根本一點說服力也沒有，我的雙腳自然而然地追起她的背影。

跟蹤偵探簡直是個不好笑的笑話，但即便是該為她著迷都來不及，也不能眼睜睜地就此讓她行蹤成謎。

我的身材並不能說是適合跟蹤他人——但那畢竟是在日本國內的情況。加上人聲鼎沸的國際機場，縱使尾隨技術再蹩腳，也不至於馬上被發現吧。

我還沒想到跟蹤她要做什麼，但至少想搞清楚真偽。

那位今日子小姐究竟是本人還是冒牌貨（我當然明白若非本人也頂多只是認錯人，倒也沒有什麼冒牌貨不冒牌貨的）。

難不成我們搭的是同一班飛機？

要是如此，早在日本的機場就看到她那頭白髮也不奇怪……不對，我手上這張用來代替遣散費（或說是分手費）的機票是普通座位，亦即所謂的經濟艙，但是今日子小姐貴為活躍於第一線的名偵探，就算不坐頭等艙，應該也會搭乘豪奢的商務艙才對——今日子小姐雖然嗜錢如命，但在花錢的時候倒是毫不手軟。另外考慮到其工作性質的安全問題，搭乘商務艙的可能性應該是相當高。

倘若是在行李轉盤處等行李時，必須等待兩件行李出來的今日子小姐，總算讓只有一件托運行李的我得以縮短艙等之間的階級差距，直到此時此刻終於看到她的身影，也就不足為奇了。只是，還有一個更根本的問題。

忘卻偵探出不了國吧？

具備冤罪體質的我出國旅行，會在各個關卡飽受蹂躪，一而再地接受盤查——然而不記得自己是誰的她，首先連護照都申請不下來吧。

其次，不同於沒工作的我，今日子小姐身為事務所的所長，每天都忙著處理辦案的委託，應該沒時間出國旅行才是。

愈想愈覺得「今日子小姐出現在巴黎」實在是極為不自然——但是，不自然歸不自然，倒也不至於不適合。

聽說沒人看過今日子小姐穿同一套衣服——對於穿著打扮十分講究的她如此時尚的模樣，就與我這超過一百九十公分的身高一樣適合巴黎的風景，完全契合巴黎光鮮亮麗的氣氛。要是沒有那頭特別的白髮做為標記，想必她一下子就會融入群眾之中，我也會就此迷失她的背影吧。

如果對她搭乘商務艙的推理沒錯，我原本猜想她從機場移動到目的地（哪裡？）時可能也會搭乘計程車，沒想到白髮女子卻走向巴士乘車處。

巴士嗎。

基於忘卻偵探的工作性質，今日子小姐在日本國內也會為了避開行車紀錄器，盡量少搭計程車，以巴士代步的確是今日子小姐的獨特作風（話說回來，我也不知道法國的計程車是否配備了行車紀錄器），這讓我更加確定白髮女子就是今日子小姐，同時也感覺鬆了一口氣。

因為我過著沒有薪水只能靠遣散費維持生計這樣莫名其妙的生活，就連這趟旅行也是遺散費的產物——因此，手邊換的歐元額度其實讓我有些心虛。順帶一提，我試過提高信用卡的額度，但失敗了。

所以，萬一今日子小姐就此跳上計程車，屆時我這個大外行的尾隨行動就必須畫上句點。不過，就算可以不在乎手頭囊匣如洗的歐元，我也沒有足以拜託司機「請跟著前面那輛計程車！」的語言能力。更重要的是，即便是日文，這樣危險的台詞也不是能輕易說出口。

但是反過來說，要是她就此跳上計程車，我的第一次海外旅行也能回歸正常的軌道。

我跟著坐上同一輛巴士。

居然坐上只寫有法文指示，根本不曉得要開去哪裡的巴士，我到底是吃錯什麼藥了……從車資來判斷，似乎可以期待並不是會開太遠的長距離高速巴士。身處異地，語言不通也多所不便，萬一這輛巴士開往離入境機場超級遠的尼斯，那可怎麼辦才好。

與跟蹤的對象搭乘同一輛巴士或許是大忌，但反正是離開機場的巴士，只要別太過慌張，日本觀光客倒也不是什麼奇珍異獸。

更重要的是，雖然忘卻偵探對我來說，不僅是多次從危機之中幫我撿回一命的恩人，同時也是高於恩人的存在。只是，對於忘卻偵探而言，我只是一介委託人，同時也是忘卻的對象，除此之外什麼都不是——就算上車時不小心對上眼，她應該也不會注意到我——假如她就是我認為的那個她。

儘管如此，我還是禁不住弓起身子，鬼鬼祟祟地上了車，所幸今日子小姐當時並未往我這裡看。她坐在巴士的中段座位，喝著不曉得是什麼時候買的紙杯裝咖啡——明明剛才雙手都提著行李箱，究竟是用哪隻手拿上車的？那般乾脆俐落、無懈可擊、迅速確實的動作，怎麼想都是今日子小姐……考慮到下車之後的事（尾隨），我走向巴士最後面的座位。

微不足道的小聰明。

與其說是尾隨，這麼做根本已經是跟蹤狂……在祖國就不斷被人懷疑冤枉的我，要是在海外真的成了正牌罪犯還得了。

就連自己都覺得做了蠢事——更何況，就算她真的是今日子小姐，那又怎麼樣。

就算向她搭訕，她也一定已經忘了我，絕不可能因為在海外出乎意料的「重逢」而興高采烈地找我談天說地。

難得巧遇，要不一起去吃頓飯吧——絕不可能有這種事。

每打一次委託電話，就得聽她說一次「初次見面」——這種哀傷無奈，根本不需要挑在私人旅行之時再次體驗吧。真要這麼做，就已經不是個人喜好的問題，而是有點瘋狂了。

被當成犯人固然辛酸，被當成怪人也很心酸。

不知道今日子小姐為什麼（以及是怎麼）會出現在國外，但我現在也並未身負冤罪，那麼把這個謎團放在心底，假裝沒看見她，才是成熟大人應有的判斷吧——當我想東想西之時，巴士開了。

換個角度來看，眼前的突發狀況將，出國旅行帶給我的刺激與不安都瞬間一掃而空。但望向今日子小姐的背影，只是看到她那像是在打盹般不時搖晃的一頭白髮，就比一切還更令我心驚膽戰。

要是現在睡著了，會發生什麼事呢？

她是記憶每天都會重置的忘卻偵探——說得更正確一點，是一旦睡著，她的記憶就會重置。

小憩片刻也好，打瞌睡也罷，嚴格的記憶重置規則不容許有任何例外。萬一睜開眼睛時，發現自己正坐在異國的機場巴士上，忘卻偵探是否能應付這種非日常的狀況呢。

不管是商務艙還是經濟艙，已經在飛機裡過了大半天，再加上相當大的時差影響，體內時鐘也無法正常運作，總是輕鬆搞定繁重業務的今日子小姐再怎麼強壯，應該都有其極限。

對了。這就是最讓我感到不對勁的地方。

記憶每天都會重置的忘卻偵探居然會出現在歐洲——即便將行程縮到不浪費一分一秒，都不可能在一天內來回的歐洲——不管怎麼想，無論誰來看，都非常奇怪。

相較之下，護照云云都只是些枝微末節的問題。

絕不是光用「偶然」就能解釋。

就像不是在南極，而是在南國看到企鵝那樣，讓人只有違和感——不過話說回來，或許不同於直覺，南國其實也有企鵝生息也說不定，那又是另一個話題了。

儘管是為工作前來，或是來走私人行程，度假也好旅行也罷，無法長時間持續進行活動的忘卻偵探，為何會打破禁忌，離開那棟要塞般的事務所掟上公館，來到地球的另一側坐上巴士喝咖啡呢——我無法對這個謎團視而不見。

……做為在國外逕行跟蹤狂行為的藉口，這或許還不夠充分就是了。

4

惴惴不安地擔心著今日子小姐會不會睡著，我卻不知不覺間反倒打起盹來，就這樣不小心睡著了——看樣子，沒適應過來的長途飛行，果然對於我的肉體造成超乎想像的磨耗。置身於異國的緊繃——再加上發現熟人走在異國路上的驚訝也無法矇混過去的疲勞睡意，朝我襲來。

這的確是跟蹤者不該犯下的錯誤——只會遭人痛罵根本自顧不暇。

回過神來，巴士已經到站了。

這裡是哪裡？呃，我知道這裡是法國，但這是法國的哪裡？

真的跑到尼斯來嗎？難不成是蒙地卡羅？

除了我以外的乘客——連同白髮女子在內——全都下了車，我也急忙連滾帶爬地離開已經空蕩蕩的巴士車廂。

比起這裡是哪裡，長得很像今日子小姐的女性上哪兒去了——才是眼下最重要的問題。雖說我已經很習慣最快偵探一旦離開視線範圍，就會跑得不見人影這樣的故事發展，但這次完全是我羞愧難當的愚蠢失誤。

對外行人來說，跟蹤還是太難了。

我打從心底詛咒自己的粗心大意，肆無忌憚地四下張望——真糟糕，洋溢著異國風情的石板路街道實在太美了，感覺就像迷失在藝術類的書本之中，無法專心找人。

看來這輛不知終點站在何處的機場巴士將我帶到了都會的正中央。就離開機場至今的時間來推理，我原訂的目的地——首都巴黎，應該就在這附近吧？若是這樣就得救了……沒想到會一到國外就迷路。

據我所知，巴黎人給所有的街道都起了名字，所以應該找得到揭示地址的標誌吧……等等，就算有，我也看不懂法文……不過就算看不懂，應該也會有所幫助的，於是我決定先搞清楚自己的現在位置——幸好我這麼做了。

要是在日本，紅綠燈號誌下方都會掛著地名標誌，就在我且自望向十字路口之時，發現了正在等紅綠燈的今日子小姐。

「啊……」

忍不住驚呼出聲，卻也隨即被車水馬龍的喧囂蓋過——來不及放下心中的大石，造型跟日本迥然不同的紅綠燈已經從紅色變成綠色，她也邁步走向馬路的對側。

再也沒有一絲猶豫——我拔足狂奔。

心裡充滿了再次見到在異國走散的熟人的狂喜。當然，我們並非一起旅行，所以這只是我一相情願的錯覺——看著她轉過充滿歷史感的石造建築物街角走進巷子裡，我也跟了上去。

追上了她。

在轉角停下了腳步的她——更加明確地說，她還轉身面對著我面帶笑容，正直視著我。

「有什麼事嗎？」

「……」

都已經這麼近的距離下看著她，還聽到她說話——百分之百不會錯，顯然這位今日子小姐就是我認識的今日子小姐，——而且也顯然早就知道我在跟蹤她。

她是假裝等紅綠燈，故意把我引進這個巷子裡嗎——不是試圖甩掉跟蹤者，而是選擇正面迎擊，果然是看似文靜實則強悍的今日子小姐會做的事。

「初次見面，我是偵探，名叫掟上今日子——Enchantee.」

「Co……Comment allez-vous？」

「……」

今日子小姐平靜中不失強悍的笑容——感覺有點僵硬。

然而，今日子小姐隨即重整態勢。

「On se connait？」

她反問……呃，我只是從語尾判斷這是個疑問句，其實完全不知道她在問什麼，只能不知所措地用表情傳達我的困惑表情。

後來我才知道，這樣在對話之中突然含糊其詞接著陷入沉默，在國外似乎是最為不恰當的反應。就算用日文片面地不停說下去，還比較有助於溝通進行。

在異國，沉默並不是金。

不過，今日子小姐似乎只是想確定我是否為不懂法文的觀光客。

「我們以前是不是在哪裡見過？」

今日子小姐迅速補上日文翻譯。

「啊，呃……」

我對今日子小姐居然講得一口流利法文感到很驚訝——啊，不過這麼說來，建議我來旅行的紺藤先生過去的確這麼提過。

以前在派駐國外時好像見過長得很像今日子小姐的人，又好像沒有……

這要是真的，今日子小姐就算精通外語，也沒什麼好大驚小怪的。

同理可證，忘卻偵探出國旅行也沒什麼好奇怪的……嗎……？

「我是否曾在哪樁案子裡，看穿你所使用的詭計，指出你就是犯人呢？不好意思，我不記得了。因為我是忘卻偵探。」

光看我的表情，就能猜測我們並非初次見面的今日子小姐果然不凡，但是——沒想到會被今日子小姐冤枉，隱館厄介也來到了新境界。

算了……比起被當成跟蹤狂，被當成對偵探懷恨在心的兇嫌或許還好一些……話雖如此，也不能不去解開這個誤會。

這樣放任今日子小姐誤會我下去，我可能會被扭送到當地警局，進而被追究其他的罪狀也說不定（雖然沒有）。

這麼說來，ＩＣＰＯ（註：國際刑警組織。通稱Interpol，全名爲International Criminal Police Organization）的本部不就在法國嗎？

那個ＩＣＰＯ？

「不、不是的。我、我是那個……今日子小姐的委託人。呃，以前我遭人懷疑時，是你救過我好幾次。見識過名偵探的推理，有困難就打電話給你……啊，我叫隱館厄介，你可能已經不記得了，隱館的隱是隱疾的隱……啊不，是隱藏的隱，館是館系列的館……厄介這兩字，則是『厄運』的厄、『媒介』的介。該說是人如其名嗎，過去受到今日子小姐一而再、再而三的幫助……啊，不過，有時候由於情勢所逼，我也會協助你辦案，呃……」

雖然不像法文那樣一竅不通，可是我連日文也講得一塌糊塗，這下根本活像在懇求對方「請懷疑我」似的。

強調自己超可疑究竟是想怎樣。

不過，今日子小姐只是隔著眼鏡「嗯……」地凝視著我——好似在觀察我與嫌犯僅有一步之差的模樣。不只是外側，就連不安的精神深處之深處，彷彿也都被她看穿。

「協助我……是嗎？也就是扮演華生角色的人吧？」

「不，不是的，今日子小姐是不需要助手的偵探……我這種人……只不過是小配角旁邊的小配角。」

或許整個答非所問，但我還是吞吞吐吐地繼續說下去。

「就當是這樣吧。」

今日子小姐輕輕鬆鬆地將手上的兩個行李箱扔給我。

哇！哇！

我還以為終於遭到她的攻擊，狼狽不已，但兩個行李箱都比想像中還要輕，所以我也勉強將兩個箱子都接下來了。

與其說是輕，幾乎是空的吧？這是怎麼回事？

還有，就算是空的，為什麼要把兩個行李箱一左一右地扔給我？

「法國也是女士優先的國家呢。你這樣可不行哪，隱館先生。怎能讓女生自己一直拿著行李呢，這樣會被人懷疑你沒有常識喔。」

「啥？什麼？呃，反正我已經習慣被人懷疑……咦？」

「站著說話也不是辦法。難得有緣相見，就去吃點東西吧——剛好，在去飯店以前，有家我想先繞過去看看的咖啡館。同為日本人，又『偶然』在異國相遇，當然要互相幫助嘍，閣下（Monsieur）。」

今日子小姐半開玩笑地如是說。踩著輕盈的腳步穿街過巷，優雅闊步在大馬路——看起來心情甚好。

5

看樣子，機場巴士的終點站的確是巴黎——這並不是今日子小姐告訴我的，也不是我找到給日本人看的觀光地圖，只是當我跟在今日子小姐身後（很榮幸已徵得本人同意），抱著自己和她的總共三個行李箱，姿勢吃力仍得奮力前進之時，這座象徵當地的建築物不由分說地映入了我的眼簾。

艾菲爾鐵塔。

象徵巴黎，世人皆知的鐵塔。

「哇啊！」

與凱旋門及羅浮宮同樣，在我的離職旅行行程裡，當然也是把艾菲爾鐵塔列為必訪，畢竟它就像是巴黎觀光景點中的景點。但萬萬沒想到我竟然會以這種方式，會如此突然地在毫無心理準備的情況下看到它，使得我不禁出聲驚嘆。

旅遊指南寫到鐵塔的總高度是三百二十四公尺，但之所以會感覺比想像中還要巨大，可能是因為周圍都是公園綠地，不只是正面，就連其後方也沒有任何妨害鑑賞視野的障礙物。

而且不只巨大，其充滿魄力的形狀也相當引人注意——聽說艾菲爾鐵塔又被稱為「鋼鐵貴婦（La Grande Dame de Fer）」，今天親眼看到這設計，果然名不虛傳。

此時此刻，來自世界各地的觀光客恐怕都擠在它的腳下吧。不過要是真的走到那麼近，感覺反而無法掌握其全貌才是——還是說，觀光客也能進鐵塔裡頭參觀嗎？

「哎呀，隱館先生，你對艾菲爾鐵塔很感興趣嗎？那麼，我們應該還可以更進一步地互助合作呢。來，咖啡館往這走。」

今日子小姐如是說——更進一步？——只見她彷彿走進自家廚房一般，步伐輕快地踏進了街角的一間咖啡館。這間看似氣氛悠閒的咖啡館，從店內往窗外眺望，似乎也能看見艾菲爾鐵塔傲然挺立的身影。

話說回來，可以從這個角度看見艾菲爾鐵塔，這裡該不會是那條有名的香榭大道吧？

看這間店開在這麼好的地點，應該是貴到不行……

「Bonjour.」

今日子小姐對店員打了聲招呼就座。

「請不用擔心，這餐我請客。」

然後對我說了這句話——她剛說什麼？

今日子小姐要請客？

守財奴今日子這輩子有自掏腰包請過誰嗎？

高強的能力絕不免費供應，低廉的餐點也別想我會出錢——不是今日子小姐的自我介紹詞嗎？

我果然認錯人了嗎？

我陷入過去從未經驗過的極度混亂，遲遲無法脫出之中。今日子小姐卻完全忽視掙扎中的我，乾淨俐落地點好餐——她那與店員有說有笑的交談模樣，看起來真的跟當地人沒兩樣。

而且在看到令我飽受文化衝擊的艾菲爾鐵塔時，面對那威風凜凜的大氣姿態，她不但無動於衷——善意解釋的話，是彷彿一副習以為常的態度。只差沒有親切送上「看您別來無恙，健壯如昔，甚喜」之類的問候。

可是，忘卻偵探今日子小姐不可能對艾菲爾鐵塔「習以為常」……不，單就可能性來說，或許是有的。

假如這些都是今日子小姐**失去記憶以前發生的**事——抑或因為後來記憶無法積累，過去所見過的法國風景、巴黎街景，反而成為永遠新鮮且鮮明的記憶，留在她的腦海中也說不定。

只是我也不太清楚這部分的「重置」原理，所以不能隨便臆測……

正當我還在東想西想、自尋煩惱之時（這時今日子小姐也興味盎然地看著我。由於她的長相好似滿溢著母性的光輝，因此一般人並不容易察覺——基本上今日子小姐十分樂於看著別人陷入困窘，有著一種應該是偵探才有的嗜虐傾向），今日子小姐點的餐點早已經擺滿了整張桌子。

兩只義式濃縮咖啡的小咖啡杯和五顏六色的馬卡龍、用料新鮮豐盛的水果塔、濕潤扎實的可麗露、看起來閃閃動人的焦糖布丁……「在法國餐廳點咖啡一定會端出義式濃縮咖啡」這點算是常識，但這些一看就讓人覺得好吃極了的甜點，也絲毫不讓咖啡館頗具品味的外觀專美於前，同樣充滿符合心中期待的巴黎風味——但是再怎麼說，這量還是太多了吧。

「請不用擔心，甜點全都是我自己要吃的。」

「這也還是令人不放心。」

「我想趁著還能攝取的時候，先攝取一點糖分麼。」

今日子小姐說著，動作優雅地開始品嘗馬卡龍——等等，在沒有任何說明的情況下，即便咖啡館裡的悠閒時光仍然就此展開，可是今日子小姐為何要邀我喝咖啡？

為何要邀請我這個只不過是「初次見面」的「跟蹤狂」？

而且（雖然只是一杯咖啡）還是她請客？

同為日本人，當然要互相幫助嘍——

話是這麼說，但我至今幾乎未曾幫上今日子小姐什麼忙。這不是謙虛，是真的沒有。絕對沒有。倒是給她添了不少麻煩——而且還是人在國外耶？倘若我是熟知巴黎大小事的法國通，今日子小姐又碰巧需要一個翻譯兼導遊的話，或許就能展開一段美好的故事吧，然而實際上正好相反。

就像現在，縱然多少是半推半就，但也幾乎只是我單方面地接受今日子小姐的關照。

嗯？慢著，糖分？想先攝取一些糖分？

這也就是說，接下來今日子小姐打算要動腦嗎？那也就是說，今日子小姐並不是以私下來到巴黎度假或探親——

「沒錯。如同你的猜測，我是為工作而來。千里迢迢地來到法國巴黎，準備進行一趟推理之旅。還請看這裡——這是某封信的抄本。」

像是察覺我心中所想，今日子小姐這麼說道。接著捲起右手的袖子——露出的肌膚上頭寫著文字，內容則如下。

6

「敬啓者。

近日將會去收下艾菲爾鐵塔。

請提高警戒。

怪盜淑女」

7

每次睡著記憶就會重置的今日子小姐。她會將自己的肌膚做為備忘錄使用一事，則早已經是公開的祕密——知道的人都知道。

剛剛看的是右手，而在她另一隻左手臂上，則幾乎是固定寫著「我是掟上今日子。偵探。記憶每天都會重置。」這樣的個人基本資料。

然而，她秀給我看的所謂「某封信的抄本」是用法文寫的，就算看了，我也不知道上頭寫了些什麼，比解讀沒頭沒腦的死前留言還要困難百倍——事實上，我的語言能力就連那究竟是否為法文都無法斷定。因此，上一節的文字其實是今日子小姐為我翻譯的結果。

只不過，雖說已經翻譯了，若問我是否完全理解那句話的意思，則又是另一個問題了。

收下艾菲爾鐵塔？

怪盜淑女？

「這是……抄寫自愛做夢的小朋友寫好玩的作文嗎？」

「這可是抄寫自寄給巴黎警方的正式犯罪預告呢。即使是小孩所為，也無法用『好玩』兩個字來交代。」

今日子小姐正色説道。

的確，縱使在日本，這也不是能用「好玩」兩個字來交代的行為。

可是……我往咖啡館的窗外看。

就相對位置而言，明明距離沒那麼近，但卻令人只得感到巨大雄偉，矗立不搖似乎直達雲霄的艾菲爾鐵塔——要收下它嗎？

意思是要……偷走嗎？

「不是奧古斯特·杜邦（AUGUSTE DUPIN），而是亞森·羅蘋（ARSÈNE LUPIN）呢。」

不過寄來什麼犯罪預告，那是他孫子才會做的事就是了——今日子小姐加以補充。

我懂了。

向怪盜紳士致敬——所以叫怪盜淑女嗎？

「怪盜紳士」在歷史上幾乎是被致敬到爛了，而這封信寫得更是直截了當，內容毫無曲解餘地。

畢竟可能只是單純想玩文字遊戲，所以雖然信上寫著「淑女」，也不能盡信寄件人就是女性。尚且稱不上敍述性詭計，但要布下性別誤導詭計倒是綽綽有餘。

「雖然乍看之下只像是開玩笑，但因此特地委託日本的民間偵探前來協助，可見得巴黎警方或國際刑警組織都判斷這份預告是來真的——少說也是認定為必須要當真的事件。」

今日子小姐邊說邊放下襯衫袖子。或許是認為不好一直露著肌膚吧——這麼看來，今日子小姐應該也不是在開我玩笑。

雖然這件事聽起來很像開玩笑。

不過要說是玩笑，這個玩笑的規模也太大了，簡直大到跟艾菲爾鐵塔有得拼——喔，那就是原寸嘛。

我原本還擔心萬一自己在外國又蒙受不白之冤時該怎麼辦，看來至少不用擔心這樁犯罪會被算在我頭上——因為再怎麼想，偷走艾菲爾鐵塔這檔事打從開始就完全超出我的能力範圍。

和艾菲爾鐵塔相比，我身高什麼的根本渺小到可以忽略。

「可是今日子小姐，你也會接到來自海外的委託啊。」

「好像會呢。我想這並不是第一次，只是我都不記得了。」

今日子小姐說得乾脆，絲毫沒有自誇的架子。

「不過，通常就算有人委託，我應該也會鄭重地拒絕吧。畢竟置手紙偵探事務所的宗旨是『無論什麼樣的事件，都要在一天以內解決』哪。」

她接著這麼說。

沒錯。這也是我剛才想到的事。

不管是公事或私事，今日子小姐終歸是最快的偵探，無論採取什麼樣的行動，她都無法持續一天以上——基本上如此。

也會有例外。

舉例而言，像我曾「協助」過的那次事件，她就曾經連續五天不睡覺，硬是勉強自己維持記憶並繼續推理。

那次完全違反了遊戲規則——那麼，這次也是例外嗎？

難不成是今日子小姐聽聞詳情之後，義憤填膺地認為「竟然有人如此膽大包天，我絕不容許人類的至寶艾菲爾鐵塔無端遭竊！」之類，做好睡眠不足的心理準備，不惜橫渡大海，來到法國嗎？

「對呀，或許，差不多就是這麼回事吧。」

好像猜錯了。

「嗯……不管預告信是真是假，究竟認真還是開玩笑，用常理來想，怎樣都是不可能犯罪哪。並不是推理小說裡的那種不可能犯罪，而是在現實世界裡，怎麼做都不可能實現的犯罪。再說得直白一點，我所收到的委託內容雖是『希望你能防範艾菲爾鐵塔被偷』，但老實說，根本什麼都不用做也沒關係，沒人偷得走的。當然，犯罪預告可能驚動世人，總得做些適當處置，但是這方面的調查搜索似乎輪不到偵探出馬。而且人在國外，辦起案來做法總會多少有些不同。」

雖然今日子小姐剛才宛如逛自家後花園一般闊步走在巴黎的街道，但是她似乎還知道自己身在「國外」。

「那，今日子小姐為什麼會來法國……」

萬一被反問「那你又為什麼會在法國」，我就得向今日子小姐說明那見不得人的理由了——幸好她對我這個男人沒那麼感興趣，直接正面回答。

「因為提示的酬勞可是天價哪。」

喔，這也太過直接。

「我畢竟是個職業偵探，看在錢的分上，多少可以通融一下。」

「……」

「對方好像還願意負擔交通費及伙食費、住宿費，所以我是搭頭等艙來的呢。我還是第一次搭頭等艙……大概吧。」

原來是頭等艙啊。

難怪就算是和她搭上同一班飛機也沒能遇到了。頭等艙與經濟艙之間的距離，說是相當於東京與巴黎之間的距離也不為過。

這麼說，我現在喝的這杯咖啡，嚴格說來也不是今日子小姐請客，而是委託人請的。

原來如此，這樣我就能明白了——至於能不能接受，則有點難說。

當然，這顯然不是在說謊，若說置手紙偵探事務所的方針會依照委託人提示金額左右搖擺，也的確是充滿真實感又現實到極點的事實，但要搖擺搖到外國來，總覺得不能相提並論。就像剛才她本人也認同的，辦起案來的做法總會多少有些不同……

「你好像不太相信我說的話哪——做為一名助手，還真是再適合不過的人選呢。」

今日子小姐像是在挖苦我似地笑了。

也可以解讀成想藉由笑容來蒙混過去。

「我想買很多衣服帶回去。行李箱意外地輕，對吧？回程時可是預定要塞滿衣服的，會變得很重呢。」

「……這樣啊。」

今日子小姐的穿搭總是走在流行尖端，這句話肯定不完全是謊話，但我依舊覺得她沒有說實話。

真要說謊的話，今日子小姐肯定可以說出更像一回事、更充滿說服力、更不會讓我起疑的謊話。她這番敷衍我的說詞，言下之意或許是要向我宣示「我並不打算告訴你接受委託的真正理由」。

這也難怪，畢竟她是以「絕對遵守保密義務」為賣點的偵探。

這樣的偵探之所以需要找人幫忙，恐怕還是跟上次一樣，「為了不讓今日子小姐睡著，需要有人在身旁讓她保持清醒」之類吧。

單看這段描述，大家想必會與「偵探助手」這樣需要在適當的場面、給予偵探適切提示的角色做比較，也或許會以為比起偵探助手，只有「不讓人睡」的工作內容鐵定是輕鬆不知多少倍。但是說實話，這是一項極為沉重的任務，上次擔負起這項重任之時，我就已經下定決心，就算給我再多錢，我都不要再幹第二次。

不過，這次我不能拒絕。

要是在國外對今日子小姐的危難袖手旁觀，日後肯定良心不安——沿用「睡著」這個主題，就是睡了也會做噩夢。

即便不是待業中，我也必須接下這份工作。

「對了，今日子小姐，截至目前為止，你已經多久沒睡了？」

「在日本接下委託之後，到現在還沒闔過眼。因此——大概三十個小時吧。哎呀，這點時間還不算什麼。」

三十個小時還不算什麼本身就已經夠強了，倒算回去，從接下委託就直奔機場的行動力更是強大到不行。

僱用助手也只會造成彼此不愉快，反正自己一個人應該也能搞定吧——直到剛才為止，今日子小姐應該都是這麼打算的。

「我的目標是連續一百個小時不睡覺。一起加油吧，隱館先生。」

今日子小姐握拳曲肘為我加油打氣，她若記得上次睡眠不足使得自己變得多麼暴躁，大概不會這麼樂觀——這麼一來，那還真得請今日子小姐能發揮最快偵探的本事，用最快的速度破案。

呃，委託內容是「希望你能防範艾菲爾鐵塔被偷」，但怪盜淑女並未明確告知下手的日期，只寫了個「近日」……為了要抬頭挺胸地宣布「事情已經解決了」，終究還是必須揪出寄來犯罪預告的犯人嗎？

怪盜淑女。

應該還是小朋友寫好玩的吧……根據一般常識，我仍認為不應當排除如此可能性。不過，既然世上有名偵探，就不能否定怪盜的存在。

這時，我突然想起一個極為重要的問題還沒問。畢竟犯罪（預告）的規模實在太大，嚇到我一時完全忘了確認……

跨海委託今日子小姐的人是誰呢？

硬是破壞了置手紙偵探事務所「只承接能在一天以內解決的案子」的規矩，霸王硬上弓的委託人是……

據今日子小姐剛才所述，應該會是巴黎警方……或是國際刑警組織吧？

「其實我也不知道呢。由於是委託人再透過代理委託人來委託之故——不過，看他付錢付得這麼乾脆，肯定是有權有勢的大人物吧。甚至還能說服日本政府，讓沒有護照的我以特例處理的方式出國。」

「……這樣真的沒問題嗎？」

雖然順帶解開了今日子小姐是怎麼出國之謎，但是對偵探而言，身分不詳的委託人，想必不是挺好的條件——況且整體聽來，這個委託人不只是破壞了置手紙偵探事務所的規矩，而是根本不認為不照規矩來有什麼問題。不知是個人還是組織，總之應該並非僅僅是『大人物』這麼簡單……

敢情委託人是為了保護艾菲爾鐵塔而不擇手段，像鐵塔迷之類的嗎？

「委託人不想表明身分是常有的事喔。再繼續追究是違反禮數的。」

今日子小姐說。

還真是信奉「委託人會說謊」的置手紙偵探事務所所長會有的意見——她大概已經收下了大筆訂金，比起調查委託人是何方神聖，可能更想把時間用來推理出犯人吧。

真了不起的專業態度——但是也很危險。

「因此，就算巴黎警方透過日本警方，從世界這一頭委託遠在世界那一頭的我，到頭來仍舊不好公開給予協助。我必須以一己之力，面對挑戰——以一己之力，再加上一點點合夥關係。我和你——隱館先生。」

「……我明白了，請讓我當你的助手。」

愈聽愈不安，愈聽愈擔心——我想儘快結束對話，於是直接給結論。

沒想到人生第一次海外旅行，竟會遇上這種事……我的人生，一輩子都只能如此嗎。

想像沈重任務，讓我心情低落。與鬱悶的我恰恰相反，等到我這句話的今日子小姐話聲欣喜地回了句「Je ne sais comment vous remercier！」

——什麼意思啊？

從她滿面的笑容推想，可能是在向我表示謝意吧。

「那麼……隱館先生，我不是不相信你，不過嘛，能否趁你還沒改變心意以前，先把這份承諾寫下來呢？畢竟我可是忘卻偵探，萬一不小心睡著，光是醒來時發現自己身在法國，可能就會大吃一驚，倘若旁邊還站了個來歷不明的巨人，肯定會嚇破膽吧。」

真是抱歉呀！我來歷不明又長這麼大個——雖然很想這麼回嘴，但比起被說是形跡可疑的跟蹤狂要來得好多了，所以也不好太強硬。

船到橋頭自然直……我已經半是自暴自棄，接過今日子小姐遞給我的簽字筆。

反正簽這種名也不是第一次了——縱使今日子小姐已經不記得了，以前當她助手（助她別睡著的小幫手）的時候，也發生過同樣的事。

該說是僱佣合約，還是勞動協議書呢——總之就是簽下去了。

置手紙偵探事務所的公文用紙就是今日子小姐的肌膚。

我記得當時是在她的右手臂寫下「身為臨時員工，立誓會盡忠職守」之類的句子……咦？

慢著，可是……這次今日子小姐的右手臂上已經寫上了來自怪盜淑女的「犯罪預告」……那我要寫在哪裡呢？

我摘下簽字筆的筆蓋，提出這個單純的疑問。

「這裡。」

今日子小姐撩起穿在風衣底下的長版襯衫下襬，露出腹部——雪白的腹部沒有一絲贅肉，很難想像她才剛攝取了大量的卡路里——恐怕，這比任何高級紙都還要平滑好寫吧。

8

我，隱館厄介在此立誓，停留在法蘭西共和國的這段期間，敝人願意粉身碎骨，對任何勞役皆來者不拒，勤務時間亦不用固定，提供無窮無限的努力，拚上這條命，擔任閣下掟上今日子的助手。

9

今日子小姐認為在前往艾菲爾鐵塔之前，總得先親眼確認那封「犯罪預告」的正本才是，所以她將巴黎警署列為第一個目的地。

置手紙偵探事務所在接受日本警方委託的時候，基本上也都能夠以非官方身分參與調查行動，由於委託人也很有可能意外地是法國警方——就算不是，倘若日本政府（！）已經動用特權事先疏通過，請他們出示證物也並非不可能。

我拿出放在行李箱裡，準備做為本次旅行唯一依靠而帶來的旅遊指南翻閱，發現巴黎警署竟然就位於今日子小姐預定下榻的飯店附近。再加上時間剛好，於是她決定先辦理住房手續，連同我的行李箱一起寄放在飯店。

今日子小姐打算順便換衣服（她嘴上是說順便，但我認為那才是她決定先辦理住房手續的真正目的），留下我坐立不安地在大廳等待。

與其說是助手，我的待遇更像是僕人——不過就算了，沾了今日子小姐的光，本來應該是來體驗一趟窮酸之旅的我，才能住進這種宛如古堡般富麗堂皇的飯店裡，所以根本沒資格抱怨。

等待今日子小姐更衣的空檔，由於也無事可做，我總算能靜下心來，好好思考今日子小姐要來著手的這個奇怪委託。

宣稱要偷走艾菲爾鐵塔——膽大包天的犯罪預告。

既不知犯人是誰——也不知委託人是誰。

雖說兩者皆不詳，但是從委託內容尚可感受到「想從怪盜手中守護艾菲爾鐵塔」的強烈意圖，倒也不是對委託人毫無共鳴——只不過，對犯人別說是共鳴，究竟有何企圖也只是莫名。

偷了艾菲爾鐵塔能幹嘛？既不能用來裝飾房間，也不能變賣——怎麼想都覺得只是來鬧的。

「……」

不。

只是來鬧的愉快犯——儘管如此，也不見得就不是認真的。

說來，根據旅遊指南記載，艾菲爾鐵塔這座建築物，似乎就是在目的不明確的情況下興建的。過去巴黎曾舉辦萬國博覽會，於是決定蓋一座鐵塔來做為活動的象徵，僅僅如此，絕不是有什麼明確的用途，是完全沒有目的性，也沒有建設性的建設——當初甚至還打算在活動結束後就拆掉。

艾菲爾鐵塔絕非打從一開始就是花都的象徵——相反地，當時還有許多反對者頻繁走上街頭，認為在石造建築為主的城市裡，蓋起鐵塔簡直是破壞景觀。

然而在等待拆除的期間，通訊技術日新月異，艾菲爾鐵塔竟意外肩負起了軍事通信的任務。

艾菲爾鐵塔在大戰時成為法國無線通訊的主軸，由政府及軍隊運用，但隨著之後電視及廣播等新科技日漸發達，或說鐵塔在持續執行這項之後才附加而來的任務期間，隨著時代變遷、世代變遷，原本因為破壞景觀被罵翻天的艾菲爾鐵塔，搖身一變成為巴黎的景觀本身，而且地位堅若磐石。

極端地說，原本只是建築師古斯塔夫．艾菲爾「試蓋」出來的鐵塔，曾幾何時產生了功能、產生了目的，直到今天——若是更進一步探索這段故事，感覺應該能得到更多不同的觀察。

只是，也不能因為艾菲爾鐵塔在當年是帶著玩票性質建造的鐵塔，就可以被人以玩票性質巧偷豪奪——更不能因為反正也沒打算偷（偷不走），就以玩票性質寄出犯罪預告。

……說不定，雖然鐵塔現在早已和花都密不可分，但犯人其實是至今仍認為「艾菲爾鐵塔破壞了巴黎的景觀」，懷舊懷到不懷好意的人物，所以不是以玩票性質而是存心找碴，故意寄出那種信給巴黎警方。

想一想，也能理解為何會用「怪盜淑女」這種看似沒什麼深意、活像是隨便亂取的假名了——那樣的話，犯人恐怕做夢也想不到，此舉竟會演變成為如此重大的事件，還勞師動眾地從日本找來名偵探。

把惡作劇當真的委託人，只是白白多花了一筆無謂支出——不過，一般委託偵探的案件，本來就有大半都是杞人憂天。

偵探小說之所以精彩，是因為沒把這大半無聊的事情寫出來——委託過無數偵探的我都這麼說，肯定是不會錯的。反過來說，偵探的勞動也有大半都是白費工夫。既然如此，我應該來打從心裡祈禱今日子小姐的法國行也是白費工夫，只是一趟單純的購物之旅……

明明是在分析委託案件，回過神來還是一如往常，結論又回到今日子小姐身上——只能說我的思考模式就是如此。

話說回來，今日子小姐未免也太慢了。

我還沒配合時差調整手表時間，所以對時間比較沒有概念，但是不知不覺已經過了一個小時。那麼現在是……傍晚五點嗎？

原本預定先去巴黎警署，再去小酒館吃晚飯（由今日子小姐請——其實是謎樣的委託人請客），預定邊用餐邊討論今後的方針，最後再前往艾菲爾鐵塔的正下方探查。但已經是這個時間，計畫顯然都要重新安排了。

夜晚在不熟悉的場所遊蕩是很危險的。即便今日子小姐似乎對巴黎很熟悉，可是無論熟不熟悉，年輕貌美的女性入夜還上街到處走，絕不是一件值得鼓勵的事。

不如好好睡上一覺，消除疲勞，第二天早上再……腦海中浮現出這個錯亂念頭之時，我決定站起來。

是啊。我也就算了，但是絕不能讓今日子小姐消除疲勞——絕不能讓她睡著。

這不僅是今天入夜以後的問題，也是現在——此時此刻的問題。

但是。

就算女生打扮很花時間是自古以來不變的法則，然而今日子小姐可是最快的偵探——若只是換套衣服，理當會以媲美舞台換裝的速度，速速就離開房間樓層下來會合。

但是她卻遲遲沒回到大廳——光憑這點，我是否就應該判斷今日子小姐身上發生了非比尋常的緊急狀況？

獨自待在房間裡，一個臨時起意，想伸個懶腰於是往床上一躺，就這麼輕輕閉上眼睛，於是便不經意地睡著了……這種常見的睡魔侵襲，絕不能斷言一定不會發生在今日子小姐身上。

不僅如此，她在這方面其實還挺漫不經心的——過去也曾經有好幾次就像這樣掉進犯人的陷阱裡，導致忘了好不容易推理出來的真相。

正因如此，才會需要像我這種臨時性的助手——但要真是如此，現在可不是在大廳裡追溯艾菲爾鐵塔歷史的時候。

根據寫在今日子小姐肚皮上的僱佣契約，我得快點執行任務（不讓她睡著）才行。

真希望這才是杞人憂天。我等不及電梯下來，直接三步併成兩步地跑上樓梯，衝向今日子小姐的房間。

今日子小姐向櫃台領取了兩張卡片型的房門鑰匙，還說為了以防萬一，把做為備用的一張卡片寄放在我這裡。

該說是相信我嗎？還是毫無戒心呢？這種奔放的行為真教人摸不透。

然而卻也萬萬沒想到，這張卡居然會這麼快就派上用場……

就算是最快的偵探，也不用連陷入危機的速度也是最快吧——我邊抱怨邊上氣不接下氣地來到今日子小姐的房門前（或許還是搭電梯會比較快，我終究當不成最快的助手）。

我敲了門，也按了門鈴，但房間裡沒有任何反應——足以讓人直覺大事不妙的毫無反應。但儘管如此，依舊很有可能只是我的杞人憂天。

在此可不能自亂陣腳。

事到如今。

畢竟我們並沒有約定在大廳會合的時間，萬一只是今日子小姐花太多時間換衣服，而現在剛好在沖澡，所以才沒聽見敲門聲……那我擅自拿備用鑰匙開門衝進房間，可能會演變成砸掉自己飯碗的悲劇。

只不過，我也算是個（非自願地）到地獄來來回回走過好幾趟的男人。我認為自己對於麻煩事的雷達還算敏感——不祥預感的命中率遠遠高過平均值。今日子小姐不小心在飯店的床上睡著的展開，絕對是大有可能。宛如名偵探般一口咬定，不惜成為一名犯罪者，我打開了房門——

於是乎。

10

就結果而言，我的第六感只對了一半。不，該說是我「只感覺到其中一半」比較正確。

看到今日子小姐側躺在床上——就某個層面來說，算是意料中之事——只不過，她已經換好衣服了。

今日子小姐閉著眼睛，表情十分平靜，看她呼吸規律，似乎只是睡著而已。只是我原本以為如果她會睡著，應該會在更衣前或更衣時，若是換好衣服才倒在床上，顯然是累壞了吧……畢竟已經熬了兩天沒睡，縱使是號稱不知疲累為何物的今日子小姐，還是不敵舟車勞頓的疲憊吧。

畢竟忘卻偵探在本質上還是很難順應長途跋涉的吧——我感慨，同時也心想得趕快叫醒今日子小姐才行。正要走近她的床邊之時，我停下了腳步。

覆水難收。

一旦重置的記憶，不管使出什麼方法，都喚不回來了。

事已至此，無論是趕緊起床還是繼續睡，也許打個盹兒或是陷入熟睡，結果都一樣——這並不是想補救自己的失誤，但既然身為助手的任務一開始就失敗了，我想乾脆將錯就錯，就這樣讓她休息也好。

這當然稱不上是積極，但我認為還算正面。

而且也看到今日子小姐的另一面——總之，幸好我們尚未展開調查。

記不得委託內容或案情固然糟透了，但是比起「忘記蒐集到的證據或情報」、「推理出來的真相全部歸零」，這已經還算好的——而至於委託人身分不詳一事，這下子也覺得沒那麼需要憂心了。

忘記委託人是誰——一般來說，站在職業偵探「要將委託人的利益列為最優先」的立場，會對業務造成根本上的阻礙，但就這次的情況而言，由於打從一開始就不知道委託人是誰，所以忘與沒忘並沒有什麼太大的差別。

這樣的話，不要硬是把或許才剛入睡的今日子小姐挖起來，索性讓偵探好好睡一覺，理應才是最好的選擇——犯錯時不要只想著要挽回錯誤，而是該善用那個錯誤。

身為今日子小姐的助手被託付的首要任務，無疑是要我在她身旁看著，好讓她別睡著，萬一力有未逮，那麼第二項任務應該就是「當今日子小姐忘了案件詳情之時，要負責向她重新說明一切」。

據我所知，今日子小姐需要的睡眠時間極短，所以根本不需要硬把她搖醒，體力一旦恢復，很快就會醒來——繼續待在房間裡欣賞她的睡相也著實不妥，我決定還是回到大廳等她。

最糟的情況，只要今晚還能去巴黎警署看一下「犯罪預告信」就行了，小酒館就乾脆點放棄吧。不知飯店附近有沒有便利商店（其實我連法國究竟有沒有便利商店都不知），但總不至於連麵包都買不到吧。若說沒有期待跟今日子小姐共進晚餐當然是騙人的，但我本來就不是為了享用道地的法國菜才來法國，也沒有那個預算。

我猶豫了一下是否該將案情概要寫張便條留在今日子小姐的房裡，但最後還是打消了念頭——還是不要隨便給剛睡醒的忘卻偵探灌輸資訊。

只要有寫在左手臂的備忘錄、寫在右手臂的犯罪預告抄本，聰慧如她應該就能充分地掌握現狀。再看到寫在肚皮上的誓約書，應該就能推測出在自己身邊，還有個名叫隱館厄介的助手。

信奉網羅主義的今日子小姐，接著只須在飯店裡找一下有哪些日本人，肯定很快就能找到在大廳等候的我。

要說明案件詳情，等到那之後再說就好——事情都這樣了，就讓忘卻偵探以清醒的頭腦面對「怪盜淑女」的挑戰吧。

得到結論。接著為了怕她著涼感冒，我甚至躡手躡腳地為今日子小姐蓋上薄被，離開房間時還心想自己真是太體貼——實在是太不知死活了。

只能說是太得意忘形了。

明明事情根本沒那麼簡單。

兩小時後，今日子小姐出現在大廳，比我想像的還要早得多，而且她又換了衣服——將小手帕裝飾在胸前口袋的黑色套裝，搭配窈窕絲質襯衫，對比剛才倒在床上時那件可愛的針織連身洋裝，這身打扮實在充滿了攻擊性。難道每次睡著後會重置的不只是記憶，連服裝品味都會重置嗎？雖然洋裝也很好看——她的目光很快捕捉到坐在沙發上的我，朝我走來。

「你就是我的助手，隱館厄介先生嗎？」

她開口確認。

看來無論如何都得從這裡從頭來過——我點了點頭。

於是，她一如往常用那熟悉的動作，低下那頭白髮打招呼。

「初次見面，我是怪盜，掟上今日子。」

忘卻怪盜這麼報上名來。

「走吧！我們去偷艾菲爾鐵塔，用最快的速度！」

11

我是掟上今日子。怪盜。

記憶每天都會重置。

12

「Apportez-moi la carte, s'il vous plaît」

今日子小姐對服務生這麼說。她的法文還是和睡著前——也就是仍身為偵探時同樣流利，而我也同樣不知她說些了什麼。但是憑感覺推測，應該是在跟服務生要菜單吧。

在大廳裡等待今日子小姐時，我也重新擬訂了行動計畫，可是實際上卻和計畫完全相反。既然時間不多，原本只打算前往巴黎警署，省略晚餐——結果決定今晚先去小酒館吃飯，之後去艾菲爾鐵塔。

也對，世上並沒有會主動接近警察的怪盜。另一方面，「晚上出門很危險」的這種忠告即便會被偵探採納，但對怪盜是行不通的。隱身於暗夜之中——可是怪盜的看家本領。

從這個角度來看，那身與純白髮絲形成對比的漆黑套裝，真是反派中的反派造型……感覺就像是邪惡的今日子小姐。

邪惡的今日子小姐——忘卻怪盜。

其實也不錯——現在可不是這麼想的時候。

可是，那要問我現在該怎麼做，我也沒有半點頭緒。

令人手足無措的緊急狀況。

與離開房間樓層下來的今日子小姐在飯店的大廳裡會合，聽到她的自我介紹時，我一開始還以為她在開玩笑——以為是今日子小姐對自己不小心睡著這件事感到害臊，故意開玩笑來帶過。

可是，今日子小姐是認真的。認真得不得了。

仔細想想，今日子小姐早就忘了睡著前的種種，哪來的害臊——當然也沒必要開這種玩笑。

那麼……到底發生了什麼事？

雖然一頭霧水，我還是頂著霧水衝動地採取行動。我抓起今日子小姐的左手，以就平常的我來看絕對無法想像的積極與迅速，一口氣捲起她外套和襯衫的袖子——結果看到的是這樣兩行字。

我是掟上今日子。怪盜。

記憶每天都會重置。

「……」

「你怎麼了？厄介先生。難道你以為我是變裝的冒牌貨嗎？如你所見，我可是本尊呢。我是真正的掟上今日子，怪盜淑女。」

今日子小姐說著，用空下的右手捏了捏自己的臉頰——不，我不是以為自己遇到像魯邦三世那樣的變裝高手。

從她對我的稱呼從「隱館先生」變成「厄介先生」來看，今日子小姐的記憶確實已經重置沒錯——雖然我也不希望是我搞錯，但重點並不是記憶遭到重置這件事。

重點在於重置後輸入的資訊有嚴重錯誤。

我是掟上今日子。怪盜。

怪盜。怪盜。怪盜。怪盜。怪盜。怪盜。

「……」

我的記憶並未重置，尤其是與今日子小姐之間發生的種種，每每都是鮮明的回憶，想忘也忘不了……根據這些珍貴回憶來推想，還讓我抱著一線希望——希望這一切都是今日子小姐風格的「角色扮演」。

身為置手紙偵探事務所的臨時雇員，為了顧及遵守保密義務，請恕我不能加以詳述——其實以前也發生過同樣的事。當今日子小姐推理陷入瓶頸時，她便故意在自己的身體上寫下錯誤的個人基本資料，在記憶重置之後再來挑戰解謎，也就是採取「任由昨天的自己矇騙」這種方式，改變前提及角度來進行推理，可說是近乎犯規的備忘錄秘技。

今日子小姐或許是想應用這種技巧，讓自己化身為怪盜，藉以追查這次的犯人，寄出犯罪預告信的「怪盜淑女」吧——可是，其實我比誰都清楚，這只不過是過度樂觀的看法。

甚至比今日子小姐還要清楚。

證據是今日子小姐寫在左手臂的備忘錄。

今日子小姐本人似乎對那兩行備忘錄的內容照單全收，可是我知道——即使今日子小姐不知道，我也知道——那兩行備忘錄裡，有一小部分並不是今日子小姐寫的。

不用說，當然是「怪盜」那兩個字。

只能認為是有人巧妙地模仿了今日子小姐的筆跡——改寫了內容，或說是篡改了記憶。

我過去可是曾看今日子小姐寫下各式各樣的筆記，也唯有這樣的我，才能比本人做出更正確的筆跡鑑定。

「……今、今日子小姐，你……你並不是什麼怪盜啊。」

我放開他的手臂說道。今日子小姐聽了，雖在一瞬間面露茫然，但又隨即說了聲「啊，是這樣呀」，點了點頭，微微一笑。

「說的也是，不能洩露真實身分呢。這可不是適合大聲嚷嚷的事。」

沒救了。

她對「自己的筆跡」所寫下的備忘錄寄予的信賴太強大了（還有一臉想使壞的今日子小姐實在太可愛了）。

回房間換衣服的今日子小姐身上到底發生了什麼事，在沒憑沒據的情況下只能全憑想像……整合前後所見所聞，看來今日子小姐並非是在換裝時不小心睡著，而是有人使出某種手段**讓她睡著**。

除此之外別無可能。

回想她躺在床上熟睡時安穩的睡相，似乎不是遭人用暴力手段硬生生使其失去意識，也算是不幸中的大幸……但不管是被下了安眠藥還是使出了什麼其他手段，讓今日子小姐睡著的「某人」顯然已經用最低限度的動作，達成了他的目的。

最低限度的動作——

「我是掟上今日子。怪盜。

記憶每天都會重置。」

只動了寫在左手臂上的備忘錄裡其中兩個字……把「偵探」兩字篡改為「怪盜」——模仿今日子小姐的筆跡！

用說的似乎很簡單，但筆跡可不是那麼容易模仿的東西，正因為如此，所以才會只挑了兩個字來模仿吧——儘管如此，手腕還真是俐落，讓我不由得從憤怒轉驚艷，僅能由衷佩服。

即使是從某個角度看大概會被當成跟蹤狂的我，或是自詡為今日子小姐粉絲的記者圍井都市子小姐，都無法拷貝她的筆跡到如此完美的地步。

由於打從一開始就是「備忘錄可能被修改」的前提下看到那兩行字，我才能勉強看出破綻。否則以其精度之高，要連我都騙過也不奇怪。

這也難怪今日子小姐會相信那些都是自己寫的——沒錯，一對照寫在右手上的「犯罪預告」抄本，一切再自然不過！

重置後若先認知自己乃身為偵探，看見右手臂上的文字內容時，便會聯想到是自己為求慎重，從與案件有關的奇怪文件抄下的敍述。不過，要是先認知自己是怪盜再來看，那就不是什麼抄本，而是自己的犯罪聲明了。

因此那時今日子小姐才會那麼説。

走吧！我們去偷艾菲爾鐵塔，用最快的速度——

「……怎麼啦？厄介先生。來到法國居然不打算喝葡萄酒嗎？你真是太不解風情了。就像去日本不吃壽司一樣喔！」

「啊，好……那麼，請給我藍葡萄酒。」

「哎呀，哪來藍葡萄酒這種東西哪，又不是玫瑰。」

「欸，呃……那麼，就交給你決定了。」

「交給我吧。在不至於助眠的程度之下，讓我們來小酌一點好酒吧。畢竟是難得品嘗的美味，我可不想馬上忘記。」

只是自我認知從偵探變成怪盜，她忘卻的體質似乎完全沒改變——坐在餐桌對面，動作俐落地點完餐的女子，不管是性格還是人格，基本上都依舊是我認識的今日子小姐。

對法國、巴黎的造詣之深，也跟記憶重置前毫無二致，帶我來到的這間小酒館，雖然沒有登在我的隨身旅遊指南裡，但也是氣氛一流，要是只有我一個人大概絕對到不了這裡吧。店裡的陳設也顯然是投行家所好。

再補充個兩句，如果能選擇，我真不想在這種食不知味的狀態下造訪這家店——可是今日子小姐看來心情甚佳，能讓她這麼開心也沒什麼不好。

投入最低限度的勞力，得到最大規模的成果。

只改寫了兩個字，就能讓整個故事產生這麼戲劇性、翻轉一百八十度的變化……原本要來防範艾菲爾鐵塔遭竊的偵探，竟成為準備竊取的一方。

這真是所有想像得到的情況之中，最為糟糕的情況——不，並不是。

還有更糟糕的情況。

犯人奪走忘卻偵探心中唯一比金錢更有價值的記憶——只能維持一天的記憶，甚至還篡改了備忘錄。如此行徑固然罪不可赦，但那個壞蛋要是存心要做，其實還能做出更可怕的事。

手法如此高明，要用前述的暴力手段來讓今日子小姐失去意識，或是也不用跟她拐彎抹角，直接威脅逼迫我們就範，想做的話一定都不是問題。然而儘管如此，對方卻採取了最和平的手段，試圖讓今日子小姐去偷艾菲爾鐵塔——雖然知道很不應該，但又對其展露的風範感到嚮往。

這正是「怪盜紳士」給人的印象。

怪盜紳士——或是怪盜淑女。

奪走今日子小姐的記憶——不，是偷走記憶的壞蛋，究竟……

「那麼，為我們的成功祈禱——A votre sante！」

「……乾杯。」

那句法文是這意思嗎？大概是吧。

這麼一來，跨海委託置手紙偵探事務所的匿名委託人——那個來歷不明的委託人果然大有問題。

「寄出犯罪預告的怪盜」與「要求防患未然的委託人」，該不會是同一個人吧？假如「怪盜淑女」是打從一開始，就計畫把今日子小姐從日本騙到法國，將她化為「怪盜淑女」替自己辦事的話……可惡。

如果是這樣，那我犯的錯就更不可原諒了——就連換衣服的時候，我也應該片刻不離地守在今日子小姐身邊才對。

沒用也該有個限度。

我到底是為了什麼立下那份誓約的？真想狂捶自己的頭。諷刺的是，如今那份合約——反而成了唯一的希望。

「我，隱館厄介在此立誓，停留在法蘭西共和國的這段期間，敝人願意粉身碎骨，對任何勞役皆來者不拒，勤務時間亦不用固定，提供無窮無限的努力，拚上這條命，擔任閣下掟上今日子的助手。」

沒錯。

那份誓言——現在回想起來，宣誓的忠誠度實在也高到應該破膽寒心的誓約書，還留在今日子小姐的肚皮上。

那篇文章還有效。

正因為如此，今日子小姐脫下針織連身洋裝，換上黑色套裝走出房間來到大廳後的第一件事，就是要先找到我。

要找到叫做隱館厄介的「助手」——不是「偵探助手」，是「怪盜助手」隱館厄介。

是因為連身洋裝上下相連，篡改左手備忘錄的人物才忽略了寫在肚皮上的合約嗎——還是儘管注意到，但是在時間有限的情況下，既無法擦除，也篡改不了寫在敏感腹部上的文字呢。

的確，要是輕舉妄動，把今日子小姐弄醒就一切都白費了——實際上，我白天在咖啡館裡用簽字筆寫合約時，就弄得今日子小姐癢得不得了。

還被咖啡館的店員投以冷冷視線。

或許那已經不只是冷冷視線，而是看到變態的目光——不管怎樣，無論犯人有沒有注意到，總之我的筆跡還原封不動地留在今日子小姐身上。

所以，犯人大概也沒料到，今日子小姐儘管沒能留住她的記憶，卻留下了我這個助手。

雖然是個一無是處的助手，雖然是個聊勝於無的助手，雖然是個可能只會扯後腿的助手——在對方看來，理應是突發狀況的這種情境，我非得要善加利用不可。

當然，我也盡力把能做的事都做了。在來到這家小酒館的路上，我曾試著說服今日子小姐「你並不是怪盜，而是一位名偵探哪」，然而無奈今日子小姐對自己的筆跡深信不疑，所以一切都只是徒勞。

「呵呵，你身為助手，也真是絞盡腦汁呢。原來如此，你是想要建議我假裝成名偵探，趁機偷走艾菲爾鐵塔吧？可是，偵探＝犯人這樣的手法，早就已經被人用到爛了吧。偷竊手法必須要別出心裁——別擔心，這裡就交給怪盜淑女我吧。」

……這也難怪。

要是在日本，對著以名偵探的身分活躍的今日子小姐說——

「你其實是怪盜喔！」

——也會被她一笑置之。這是同樣的道理。

仔細想想，「怪盜」這兩個字聽起來也很響亮。

如果是「強盜」或「小偷」，或許還會讓她產生「不不不，我才不會做出那麼反社會的行為」這種急於否定的意識，然而「怪盜」這個稱呼，則是足以與「名偵探」匹敵，具有某種浪漫情懷的名號。更別提「加上偷走艾菲爾鐵塔」這種壯大又夢幻的目標，早已超越善惡的分際。

也難怪她會深信不疑。

如果態度太過強硬，導致失去今日子小姐對我這個助手的信賴，斷送在危機四伏的狀況下勉強維繫著的生命線也很不妙——因此，我決定暫時扮演好順從的助手角色，按兵不動，靜待機會來臨。

我絕不會讓今日子小姐成為怪盜——絕不會。

她曾為我洗刷過無數次冤屈，這次換我來防止今日子小姐淪落為罪犯

——這不是諷刺，而是報恩。

其中也許還有機會揪出真正的「怪盜淑女」，或是追查出委託人真實身分的餘地……不管對方表現得再怎麼紳士，奪走今日子小姐記憶的犯人還是應該要受到制裁。

不過……接在這番堅定表明決心的話之後，再這麼說或許很煞風景……我當然覺得很自責，但或許不用情緒緊繃到這種地步。

防止不防止她成為罪犯根本一點都不重要——因為縱使是博學多聞的今日子小姐，回歸現實，也絕對沒辦法偷走艾菲爾鐵塔。

沒辦法……吧？

13

據說過去有一位大力反對艾菲爾鐵塔計畫，認為興建鐵塔將嚴重破壞巴黎景觀的文豪，後來竟自打嘴巴，當艾菲爾鐵塔落成後還曾經多次造訪——

人們問他理由，他卻是如此回答。

「因為在我所深愛的巴黎，只有此處看不到艾菲爾鐵塔。」

聽到這個歷史小故事，多少覺得文豪也太會說話，也有一說指稱這位文豪後來是真的離開了巴黎。然而像這樣實際走到艾菲爾鐵塔的腳下，不免強烈感覺這應該還是後人捏造的故事。

以我本身為例。剛才從遠處眺望時，也覺得一旦靠近，會不會反而無法掌握全貌，搞不清楚自己身在何處……可是現在，一旦實際走近這座巨大的建築物，就算閉上雙眼，身體也會自然感受到其壓倒性的存在感，已經不是看不看得到的問題。

不知道該怎麼說才好，總之就是大到不行——我從未感受過這麼巨大的人工建築物籠罩頭頂……喔不，應該是從未有過任何類似的體驗，使我不由得戰戰兢兢。

甚至不明所以地想要蹲下來。

「呼呼呼，這就是我這次的獵物嗎。」

面對巴黎的象徵，和充滿畏敬之情的我正好相反，今日子小姐——忘卻怪盜臉上浮現出無畏的笑容。

該說是無畏的笑容，還是無禮的笑容呢。

今日子小姐心中的怪盜形象究竟是以誰為藍本啊……總覺得既不是亞森·羅蘋，也不是魯邦三世。

難不成是怪人二十面相嗎？的確，實際讀過小說會發現這個怪盜其實還算厚道，是個壞得還滿可愛的傢伙……

在小酒館裡吃完高熱量的甜點以後（今日子小姐還連甜點酒都點來喝。有愧自詡為今日子小姐的頭號粉絲，我居然不知道她的酒量這麼好……或許是在身為「偵探」時，她盡量克制在工作時喝酒吧。也可能是覺得「怪盜」與葡萄酒相得益彰，所以刻意配合角色多喝幾杯）——我與今日子小姐便前往艾菲爾鐵塔。

我原本還很擔心晚上出門會很危險，但實際走在香榭大道上，馬路兩旁霓虹閃爍、燈火通明，多少減輕了我的不安——也對，畢竟是舉世聞名的大都會，對「夜晚」的概念或許也比一般人還要晚吧。

當然，即便如此，晚上還是很危險，但我實在無法阻止意氣風發地為了要「事前場勘」而外出的今日子小姐，只能貫徹做她貼身保鑣的職責。

艾菲爾鐵塔本身也打上了燦爛的燈光，即使時間已經這麼晚，觀光客依舊絡繹不絕。投射燈在塔頂附近旋轉，要是能再早一點抵達，似乎還能欣賞到整座塔像鑽石般閃耀璀璨輝煌的燈光秀。

聽說興建當時是用瓦斯燈來做燈光表演……現在是改用LED嗎？

來到觀光景點，肯定要小心扒手或順手牽羊的宵小，不過，看到每個人進公園時都必須確實接受隨身行李檢查，看來還算能保障一定的安全性──話雖如此，一想到真正的「怪盜淑女」可能就隱身在人群之中，無論再怎麼令人著迷，也不能只望著艾菲爾鐵塔看。

可是再轉念一想，今日子小姐是獨自一人在房間裡時遇襲，所以或許像現在這樣混進人群裡，對我倆來說還比較安全？

今日子小姐對我的焦心勞思渾然未覺，一肚子壞水似地喃喃自語。

「大家玩得好開心，都不知道這座鐵塔明天就要被偷走了呢。」

明天？

「當然。我可是最快的怪盜。無論什麼樣的寶物，都要在一天內偷走。」

不，就說你不是怪盜了……

還什麼寶物呀。

想歸想，畢竟今日子小姐已經完全自認是怪盜，要是隨便反駁，掃了她的興致也非我所願。不，不只是掃興，屆時她恐怕會直接開除我。

據我所知，今日子小姐身為個人事務所的所長（當然，不是以怪盜，而是以偵探的身分），僱用助手或保鑣其實並不稀奇，但聽說這些雇員也很容易被她開除。

並不是因為今日子小姐的脾氣暴躁，只因為她是記憶每天都會重置的忘卻偵探，所以在僱用員工時毫無人情包袱，可以做出極為果決的判斷——即便如此，我還是覺得有待商榷，但無論如何，我現在絕不能被她開除。

在這塊異國的土地上，只有我能保護今日子小姐。在湊齊足以說服今日子小姐的材料之前，我應該徹底扮演好「怪盜的助手」這個角色。不能隨便否定她。

「這……這樣嗎。真不愧是世紀大怪盜掟上今日子呢。」

於是，我一面如此阿諛奉承（與其說是助手，感覺像個小嘍囉）。

「你已經有什麼腹案了嗎？」

一面若無其事地試探。

我還以為一定沒有才問的，沒想到今日子小姐卻這麼回答。

「偷竊終究是一門藝術呢。」

顧左右而言他。

這種說詞未免也太像怪盜了……不僅如此，她的語氣也很令人在意。

「呃，敢問今日子小姐，藝術是指……」

「這不重要。可以的話，真想進到塔裡，從內側檢查一下構造，但現在似乎還有太多閒雜人等。考慮到閉館時間，還是明天再來吧。」

「是嗎……明天再來嗎。」

剛才還說明天要來偷，是打算場堪完就立刻偷嗎？不僅是推理，就連竊取都要維持以最快的速度進行──嗯，等一下。

「今日子小姐的意思是說，今晚要回飯店休息了嗎？」

「那當然。我看起來像是會夜遊的人嗎？」

看起來是不像──只是現在的今日子小姐是個怪盜，我不確定是否該這麼回答──不確定究竟要把倫理道德的界線畫在哪裡比較好。

可是比起這個……既然要回飯店一趟，就表示今日子小姐的記憶又可能會重置了嗎？

回飯店後，如果我趁今日子小姐熟睡時，把她左手臂上的「怪盜」兩字擦掉的話……就算沒本事模仿筆跡，只要去除那兩個字，即使不能讓今日子小姐變回偵探，也能讓她不再是怪盜。

「雖說要休息，當然也是徹夜不睡。厄介先生，請不要讓我睡著喔！」

那個膚淺又樂觀的念頭，因為今日子小姐的這句話，化為泡影。

工作時徹夜不睡的習慣，也和當偵探的時候一樣。

另一方面，看來今日子小姐對我這個沒用的助手，始終有著「在國外負責不讓她睡著的人」這樣的認知。

就算我放棄了這項「不讓她睡著」的任務，由於今日子小姐剛才已經在毫無預警——或是對方早有預謀的情況下好好睡了一覺，若是僅需熬個一晚不睡覺，今日子小姐應該只要靠自己就撐得過去吧。

而且老實說，我現在好睏。

睏得不得了。

在這一連串的驚奇超展開之中，我幾乎沒有緩一口氣的片刻。法國的美食也把我的胃塞得滿滿的，就像養來做肝醬的鵝一樣——不睏才奇怪。

我甚至有點嫉妒自顧自地睡著，現在又精神抖擻的今日子小姐……就算只有一個晚上，我也沒有自信能陪她不睡到天亮。

不過，如前所述，若只是一晚不睡覺，今日子小姐靠自己就肯定撐得過去，說得極端一點，我今晚就算睡著也無妨——如果我的任務真的僅限於「不讓她睡著」的話。

雖然絕無可能——但倘若忘卻怪盜今日子小姐已經有偷走艾菲爾鐵塔的腹案，能夠阻止她作惡的機會，就只剩今晚了。

實在不是想睡就能去睡的時候。

感覺立場整個都跟平常顛倒過來了……今日子小姐不是偵探，而是怪盜。不是今日子小姐防止我成為罪犯，而是我要防止今日子小姐成為罪犯。平常絕不能睡著的今日子小姐其實應該快點去睡，負責不讓今日子小姐睡著的我卻在她非常清醒時絕不能睡著。

就算是來到地球的另一側，也不用顛倒到這麼徹底吧。

「回飯店以前，我們繞個路，從遠處再欣賞一下夜間點燈的艾菲爾鐵塔吧。對了，去戰神公園散散步吧？呵呵，感覺好像約會喔。」

今日子小姐渾然不知我心中的喟嘆，在絕佳時機說著討人厭的話。

完全不像約會，一點也不像。

話雖如此，不愧是巴黎的地標磐踞之地，公園也很氣派——雖然方向與回飯店相反，以散步的心情去走走也不錯。

多少要有點心情觀光一下才撐得下去，而且沒去踩幾個景點，對建議我來旅行的紺藤先生也不好交代——喔，紺藤先生。

是啊，向那位可靠的男人請教，可能是個好方法。若是知道今日子小姐旅居海外時代（也說不定）的紺藤先生，也許知道該怎麼面對這種情況……雖然並沒什麼指望，但現在這種狀況，可以嘗試的就全都試試看吧。

不過，如果打電話給他，得考慮與日本的時差……日期也不一樣吧……還是乾脆寫封電子郵件？畢竟不能讓今日子小姐聽見我在跟別人講電話，但也不能為了偷偷打通電話，就讓今日子小姐離開我的視線……

「走在這裡，可以聽見來自周圍用各種語言的對話，真有意思呢。」

今日子小姐說著，如入無人之境般在摩肩接踵的觀光客之間穿梭。

經她這麼一說，我才意識過來，這裡的確是世界級的觀光景點，只要豎起耳朵，就能聽見來自世界各地的言語交錯。

不只法文，還有英文、中文、韓文、印度文、西班牙文、義大利文……才疏學淺如我，還有許多光用聽的無法判斷是哪國話的語言，全部都融合在一塊。當然，我用來與今日子小姐交談的日文，也是這場合奏的一個音符。

嗯。

日本也有很多傲視全球的觀光景點，可是像這種參加型的體驗，感覺並不是想體驗就能體驗得到……是在歐洲以外難得的美妙體驗。

感覺學到了一個很特別的切入點，可以在來到世界級地標遊覽時別富趣味，意識到地球有多麼寬廣。但換個角度，這也同時讓我強烈感受到地區與地區之間，那令人束手無策的語言障壁。

不由得再次體認到自己薄弱的外語力與學習欲。

「語言障壁呀……說來，過去也有座語言之塔呢！」

我不確定精通法文的今日子小姐究竟會說多少語言，但無論她是偵探還是怪盜，這應該都屬於企業機密吧。與我不同，周圍的人在講什麼，她似乎都能聽懂。在左彎右拐穿過觀光客之間的縫隙，彷彿聆聽交響曲般地豎起耳朵，傾聽周圍對話的同時，對於夾雜眾多話聲之中，我那與雜音沒兩樣的感想發表看法。

語言之塔？那又是什麼……我好像也在哪裡聽過這個詞。

「正式名稱是『巴別塔』。來自神話故事。古代——當世界還是一體的時代，人類打算建造一個高度直達天際的高塔，此舉觸怒了神明，連同高塔一塊把世界打得四分五裂。」

「四分五裂……」

我差點口出「就像分屍命案那樣嗎」——但立即想到這是在對偵探時才能成立的唱和，趕緊把話吞回去。

聽到這裡，我想起來了。

沒錯——當時與高塔一起被打得四分五裂的，還有語言。

由於擔心人類凝聚起來不曉得會幹出什麼事，為了不讓人類過於團結一致，神把原本只有一種的共通語言打散，成了現在的無數種語言。

「不是讓人類收聲閉嘴，反倒是增加語言這點，可以充分感受到神的幽默呢。此舉也得以讓世界變得非常複雜。」

「要說幽默我覺得也有點……語言之塔傳說的背後，其實是蘊含先人們『要是語言能統一就好了』這種恆久不變的懇切心願吧。」

「的確如此。不過我想還有一個心願呢——『想要蓋高塔』，應該也是先人們恆久不變的懇切心願。」

被她這麼一說，我不禁回過頭看向艾菲爾鐵塔——高塔。

興建時並沒有特殊目的，著重設計的高塔……沒有構想的高塔。

「提到高塔，日本也有各種高塔呢。」

今日子小姐說道。

「東京鐵塔、名古屋電視塔、札幌電視塔、大阪通天閣、京都塔、香川黃金塔。」

「說的也是。還有一個比較新的景點，東京晴空塔。」

「啊？」

今日子小姐對我投以詫異的目光。

啊，對了，她忘了啊。

我記得不是很清楚，晴空塔的全長好像是六百三十四公尺來著？單純比高度的話，是艾菲爾鐵塔的將近兩倍。雖說同樣都是鐵塔，但時代相隔一世紀以上，其實並不能單純這樣相比，但奠基於高塔底部的思想，肯定都是一樣的吧。

想要蓋高塔。

高一點，高一點，再高一點，更高一點，再更高一點。

「雖然我也不是很清楚，但聽說將來還要蓋什麼叫軌道電梯的。」

「軌道電梯？」

「該說是通往太空站的電梯嗎……廣義而言，那也算是高塔吧。通往天際的高塔。」

「神一定會很生氣吧。」

還是會兩手一攤，說句「這些人類沒救了」呢。

今日子小姐這麼說，結束了討論。接著停下腳步，轉過身來，與艾菲爾鐵塔正面相對。

我們來到公園的角落，已經和艾菲爾鐵塔拉開相當大的距離，但即使來到這麼遠的地方，艾菲爾鐵塔看起來還是相當巨大……今日子小姐或許也有同樣的想法，只見她把手往前伸，擺出像是想掌握遠近感的姿勢。

「怎麼樣？偷得走嗎？」

心想問了也是白問，但我還是又問了一次。

要是忘卻怪盜今日子小姐能放棄盜塔的念頭，事情就能和平落幕了說。

「比起偷不偷得走，有個必須先思考的問題呢。」

果不其然，今日子小姐再度顧左右而言他——不過，身為偵探的今日子小姐也老是這樣。

又被她來這招，讓我不禁思索——偵探與怪盜的差異到底在何處。

總之，既然她都說了出口，我也只能接著提問。

「什麼是必須先思考的問題？」

我還以為她肯定會繼續故弄玄虛，沒想到忘卻怪盜卻如此回答。

「我為什麼想要偷走艾菲爾鐵塔呢——應該先解明動機才是。」

14

解明動機。

那已經完全是偵探的業務範圍，也是證明今日子小姐的本分、今日子小姐的本性絕非怪盜而是一位偵探的最好根據，對我來說，聽到這句話真是令人高興到想哭——即便備忘錄被抹滅了，即便記憶被篡改了，今日子小姐還是今日子小姐。

做個偵探還是最自在的。

忘了是什麼時候，她曾經這麼說過。沒想到她的直覺竟會以這種形式得到證明。拯救過我無數次的名偵探，絕不是虛幻的存在，這點讓我感動到一股暖意從心中來，難以自抑。

同時，我也認為這是個千載難逢的機會——今日子小姐終於產生了「為什麼我非得偷走艾菲爾鐵塔不可呢？」這個仔細想想再正常不過的疑問，此刻正是趁機接著說「其實你不是怪盜」、「寫在左手臂的備忘錄是有人模仿你的筆跡捏造的陷阱」等等說服她回歸正道的好時機。

如果是現在，就算是同樣說詞或許也比剛才來得更有說服力。

然而，我卻在最後一刻踩了煞車。在緊要關頭忍了下來。

想當然耳，要是今日子小姐能找回身為偵探的自己，再也沒有比這更好的事——但是也千萬不能忘記，萬一順從激動情緒而草率做出判斷，太過急於說服她的話，一旦失敗，可能會招致無法挽回的結果。

即便這是千載難逢的機會，一步走錯，我也沒有第二次機會了——既然如此，這次應該要努力地克制一心想抓住這個機會的衝動，按兵不動，等待下一個千載難逢的機會。

的確，若是害怕失敗什麼都做不來，而且身為最快偵探的助手（或是最快怪盜的助手），我這樣或許太過於溫吞，但我也有我的盤算。

解明動機。

解明怪盜——「怪盜淑女」的動機。

為什麼想偷走艾菲爾鐵塔——只要能搞清楚這一點，是否就能連帶揭開

「怪盜淑女」的真面目呢？

偷走今日子小姐的記憶，甚至來篡改備忘錄——藉由解明動機，進而抓住無法無天的犯人，不就能順利完成今日子小姐身為忘卻偵探的工作嗎？

這麼一想，對於是否該在此刻去說服今日子小姐，去打斷她的思考——打斷她開始著手的推理一事，我感到非常遲疑。

不管我再怎麼努力、再怎麼說得頭頭是道，頂多也只能說服她備忘錄是假的，今日子小姐並不是怪盜——但我無法證明她是偵探。

既然如此，就算今日子小姐現在是怪盜而非偵探，能讓她能以同樣的最快速度找出「為何『怪盜淑女』會想要偷走艾菲爾鐵塔呢？」這個問題的答案，或許才是上策吧？

當然這麼做也顯然有缺點——倘若優點是有機會揭開「怪盜淑女」的真面目、釐清事件的真相，那麼缺點就是「所謂問題不見得都會有答案」。

我在飯店的大廳裡想到的。

怪盜畢竟是怪盜，行事根本不需要確切原因或遠大理想——一切可能只要來一句「覺得好玩」就說得過去。巧得是今日子小姐剛才說的「偷竊終究是一門藝術」，其實也正是怪盜們奉為金科玉律的免罪符代表之一。

今日子小姐眼下會對偷走艾菲爾鐵塔的動機產生疑問，是因為他是忘卻怪盜（但其實不是），才會以為自己忘記了理由，然而一旦她推理出的動機是「覺得好玩」，就不會再繼續推理下去。

這麼一來，就算是「因為艾菲爾鐵塔破壞了巴黎自古以來的景觀」也無妨，還真希望「怪盜淑女」能有嚴肅一點的動機——我開始胡思亂想，看來必須做出決斷了。

要告訴今日子小姐真相嗎？

還是等今日子小姐找出真相呢？

「嗯？你怎麼啦？厄介先生。」

「……沒什麼。的確令人在意呢，『昨天的今日子小姐』為什麼會想要偷走艾菲爾鐵塔？不好意思，就連身為助手的我也還沒聽你說過。」

「這樣啊。看來我不是那種會對部下敞開心房的人哪。那麼，趁明天再來這裡之前，我來想想看吧。幸好，巴黎之夜還長得很。」

差不多該回飯店了——今日子小姐催我。

我點點頭，跟在她的身後——對自己做的決定依舊沒什麼自信。

這樣真的好嗎？

不知道。連選項中有沒有正確解答都不知道。

可是，我想賭一把。不管是偵探還是怪盜，我都想在掟上今日子身上賭一把——如果是我認識的她，肯定會回頭讓「怪盜淑女」好看。

15

我原本打定主意，一時半刻都不會讓今日子小姐離開我視線範圍內的決心，在回到飯店後，今日子小姐說要去沖澡的那一剎那，就被名為常識的障壁給徹底粉碎了。

不過，在完成任務以前，也就是偷走艾菲爾鐵塔以前，為了履行不讓她睡著的職務，我並不是在飯店為我準備的房間裡，而是在今日子小姐的房間過夜，所以只要坐在浴室門口監視，就能完成我個人從「怪盜淑女」的威脅中保護今日子小姐的目的了。

以前，今日子小姐曾經在淋浴時不小心睡著，真希望這次也能發生那樣的意外，甚至該說最好能發生那樣的意外。

只要睡著，失去變成怪盜的記憶，就算沒能找到揭開「怪盜淑女」真面目的線索，也能徹底死心。畢竟無法違抗不可抗力。

不過我自己也不知道，這樣幾乎寸步不離地守著今日子小姐，到底有沒有意義……畢竟木已成舟，但沒能未雨綢繆，只是像在亡羊補牢。

話說，對「怪盜淑女」而言，來到這個房間接觸名偵探應該也有相當大的風險——既然已經篡改了備忘錄，或許不會再主動接觸今日子小姐。不僅如此，犯人精彩地完成目的，可能早就已經遠走高飛，離開法國了。

想到這，我甚至覺得坐在浴室前強忍睡意、意識朦朧的自己像個傻瓜。

不行不行，什麼都好，得動一動腦筋，驅散睡意才行……至少在明天早上，造訪艾菲爾鐵塔前，我都得和今日子小姐一起保持清醒。

「怪盜淑女」的真面目。

今日子小姐目前打算從動機切入，可能就此不自覺地揭開其真面目，我雖然賭在這個可能性上，但也不能因此就把一切都丟給她。

我應該從別的角度來思考。就算機率微之甚微，就算只是徒勞，也應該努力提高迎向圓滿大結局的可能性。

認定自己就是怪盜的今日子小姐也無從觀測的角度……想想我這輩子也不是平白被那麼多人冤枉——喔不，也不是平白在近距離看過那麼多名偵探（包括今日子小姐在內）大顯身手。

要依樣畫葫蘆，我應該還辦得到。

我試著鼓舞自己，以今日子小姐沖澡的水聲做為背景音樂，絞盡腦汁——回想抵達法國之後到現在發生過的事。

沒錯……有好幾個令人在意的地方。

追本溯源，今日子小姐為何會接下來自國外——而且不管怎麼想都無法在一天以內解決的委託？

說什麼委託人給的酬勞很驚人、目的是要來買衣服云云，縱使她巧妙地模糊焦點，但這裡頭肯定有什麼非同小可的內情。

至於委託人的真實身分也同樣令我很在意。

「怪盜淑女」與委託人可能是同一個人——當然也存在著不是同一個人的可能性。反過來說，若是光就可能性而言，也沒有任何具體證據足以證明奪走今日子小姐的犯人就是「怪盜淑女」。在「怪盜淑女」偷走艾菲爾鐵塔之前，心懷惡意的委託人找來今日子小姐打算「搶先偷走艾菲爾鐵塔」的這種揣測，也並非絕對不成立。

這樣的推理實在算不上思路清晰，但人類的思考本來就沒那麼清晰。畢竟人心沒有法則可循，就算有些矛盾也不用過於計較。

不過唯一能確定的，就是寄給巴黎警方，至今還無緣得見正本的犯罪預告信在「讓今日子小姐成為怪盜」這個計畫裡，扮演了重要的角色。

要是今日子小姐的右手臂上沒有自己寫下的文章抄本，她應該也不會想到要偷走艾菲爾鐵塔——一般會把那樣的預告信視為企圖引發社會不安的惡作劇，但換個角度，犯罪預告信是否並非對於司法制度的挑戰，而是打從一開始，就是要做為將今日子小姐從日本誘騙到法國的工具……？

如果是身分不詳的委託人計畫讓今日子小姐成為怪盜，那封犯罪預告信也可以做為委託的藉口……如果是這樣，看起來似乎白白繞了一大圈，但著眼點卻是相當直接——完全是針對今日子小姐而來。

這麼一來，勢必得弄清楚改寫備忘錄的犯人，是否就是對忘卻偵探懷恨在心的某人。這雖然不是什麼愉快的假設……

今日子小姐的記憶每天都會重置，所以無論是案情、詭計，以及犯人的名字都會忘記，但是犯人終其一生，也不會忘記自己的罪行被揭穿的事實，以及揭穿自己的今日子小姐吧——遭人怨恨的風險如影隨形。

事實上，今日子小姐見到從機場就一路跟蹤她的我，也的確劈頭就先懷疑我是對她懷恨在心的人……比起懷疑我是跟蹤狂，她更覺得我是來報仇的可能性更高。

萬一「怪盜淑女」或委託人的目的並不是偷走艾菲爾鐵塔，而是要向今日子小姐報一箭之仇——雖說這個假設足以將「怪盜」一詞附帶的浪漫情懷吹散到九霄雲外，只會令人毛骨悚然。但僥倖的是是，即便以我這種程度的頭腦，只消簡單驗證一下，也能得到「這種可能性微乎其微」的結論。

當然，就算無法完全消除這種可能性——假使報仇才是目的，那麼對今日子小姐懷恨在心的犯人，就是想藉由將名偵探化為怪盜，摧毀她的名聲。問題是，就在這個房間裡，犯人曾經與今日子小姐近距離接觸。

犯人利用某種（溫和）的手段讓今日子小姐睡著，篡改了備忘錄——這不是推理，是鐵錚錚的事實。

縱然是這樣，所作所為我仍然認為不可原諒。不過，倘若報仇才是目的，當時犯人根本想做什麼都可以。

無論在密室裡做什麼，都不用擔心會被人看到——儘管如此，犯人依舊十分紳士，完全符合「怪盜紳士」這四個字呈現的風範，沒有傷到今日子小姐分毫，完成目的就離開。

單看這點，犯人並非對今日子小姐懷恨在心——不，甚至恰恰相反。

正因為看重今日子小姐的才能，才會把「偷走艾菲爾鐵塔」這種比登天還難的難題託付給她。

犯人認識今日子小姐。

恐怕還是在海外活動時的今日子小姐——活躍於海外的今日子小姐。

所以才絲毫不惜先行投資，隔海也要刻意把今日子小姐找來——如果只是要找名偵探，歐洲應該要多少有多少。

呃，說「要多少有多少」可能還是太誇張了……

就這樣，正當我將有點跑太遠的推理拉回正軌時，手機震動，通知我收到電子郵件。

今日子小姐一進浴室，我就寄出了電子郵件，所以不用特地確認液晶螢幕也知道，一定是來自紺藤先生的回信。

計算一下時差，結果日本現在還是凌晨，回得真快。紺藤先生該不會也在地球的另一側熬夜吧。跟我這待業青年不同，能幹的男人肯定很忙。

「厄介，我完全支持你的判斷。

此時應該相信掟上小姐身爲偵探的資質。

很遺憾，由於忘卻偵探的特性，就算在日本也沒有足以證明她是偵探的客觀證據。貿然出示兩頭不到岸的證明，可能會讓她的態度變得更加強硬，考慮到這層風險，你還是繼續扮演好「怪盜」的助手，方爲上策。

此外，關於你在信裡提到的問題，即便我告訴你以前在國外遇到那位『很像今日子小姐的人』時發生了什麼事，我想也沒什麼意義吧。不只是掟上小姐，可能會讓你也更陷入混亂。

抱歉無法幫上你的忙。

說不上是將功折罪，但我有個建議。

看來，你這次似乎又攬下不讓掟上小姐睡著的任務（恭喜你找到工作！）雖然你長吁短嘆希望變成怪盜的今日子小姐能睡著，但是請不要輕言放棄。

不要只是祈求上天讓掟上小姐睡著，你也可以更積極主動地製造機會讓她睡著吧？既然掟上小姐說明天就要偷走艾菲爾鐵塔（！）只要你能搶在她下手前讓她睡著，雖說還是無法解決所有問題，至少能度過目前的難關吧。

當然，一旦執行這個作戰計畫，掟上小姐也會同時忘掉目前正在推理的「怪盜淑女」犯案動機，所以絕不是值得推薦的做法。只是，請你記得還有這個手段。至於要不要付諸執行，就由你決定。

屆時，我也會完全支持你的判斷。

紺藤」

附註

還有，請刪除這封信。萬一被掟上小姐看到就糟了。

……原本期待能獲得一些今日子小姐活躍海外時期的事蹟，從某方面看來這樣的回信內容實在令我失落。但是另一方面，卻也非常感謝他提供了一個在瞬間完全驅散我睡意的絕妙點子——原來還有這種方法。

看完能幹的男人夠義氣的來信，我遵照指示，刪除了這封信。

原來如此啊。

我雖然多少對犯人來到這個房間，極為紳士地讓今日子小姐安穩睡著的手法感到佩服，但卻從來沒想過自己可以做同樣的事。

我一心一意只想把今日子小姐會不會睡著交給老天爺決定，原來還有「讓她睡著」這招啊……並非只是消極面對讓今日子小姐保持清醒的這份助手工作，而是乾脆造反——雖然這將是將我開除三百次也不夠的背信行為，可是當今日子小姐再度醒來，連僱用過我的事都不會記得（不僅如此，是連我都不記得）……啊，不過如果備忘錄還留在她身上就前功盡棄了……只要能擦掉那個備忘錄……應該在浴室裡洗一洗就能洗掉吧……

一路走來，我在今日子小姐身邊看過各式各樣的犯人錯中摸索，使出千奇百怪的手法要讓今日子小姐睡著。縱使手法沒有怪盜紳士那麼高明，這件事本身也不是不可能的任務才是。

只是這麼做，可能會讓現在進行中的推理毀於一旦，帶有相當風險。

所以紺藤先生也認為這方案絕非首選，但至少不是沒有檢討空間。

直到剛才，我想因為我曾多次身為委託人或嫌犯，親眼見識過偵探們無奇不有的推理，自己也來推理一下應該不是難事，但這下子卻得要模仿真兇們無奇不有的犯行，也真是太諷刺……到了地球的另一側，真的似乎一切都顛倒過來了。

讓今日子小姐睡著的方法。

當然不能用暴力手段……最具有代表性的……應該是安眠藥吧？可是想也知道，我不會帶安眠藥走來走去。或者也可用頭痛藥或感冒藥來代替，可惜我準備不周，完全沒帶這些旅行常備藥到法國來。

用催眠曲、用α波、用f分之一的搖晃、用無聊的影像，離譜的甚至還有人用過催眠術，回想起曾經成功讓今日子小姐睡著的有效方法數也數不完（說來，忘卻偵探真的睡著太多次了），但說到要能立即在此派上用場，我卻一時半刻想不到任何方法。

好像辦得到，其實辦不到。

讓人睡著好像比不讓人睡著還困難。

跟準備周到地在這個房間裡等待今日子小姐自投羅網的怪盜比起來，我的條件真的差太多了——我忍不住想說喪氣話，其實也可以再度向紺藤先生求教，不過我也實在不好意思再麻煩遠在日本認真工作的紺藤先生了。

還有一點不能忘記的，就是這原本是置手紙偵探事務所接下的委託——要絕對遵守保密義務。

必須盡可能避免消息走漏。

因此，也不能衝進日本大使館求助——萬一真有什麼閃失，我絕對會毫不遲疑地採取這個最後手段，但是這麼做的瞬間，今日子小姐身為名偵探的名譽就一敗塗地了。

掟上今日子將真的不再是偵探。

今日子小姐只有今天。

話雖如此，她明天也必須活下去——所以一定要盡全力避免今日子小姐最後成為怪盜活下去的結局。

紺藤先生也是在明白這些前提之下，才會僅止於提供最有限的協助——如果能靠自己的力量解決，就應該靠自己的力量解決。

……這樣的決心，或許也在怪盜的意料之中。

「我洗好嘍。厄介先生也去沖個澡吧！」

不知不覺間浴室的門開了，出水芙蓉般的今日子小姐映入眼簾——看來我派不上用場的推理小劇場，也只能在這裡告一段落。

話說，今日子小姐穿著抓縐泡泡袖薄紗睡衣的模樣，已經超越了刺激，根本是要閃瞎我的雙眼，讓我腦中一片空白。

今天是穿這種睡衣嗎。

不過……說起來，薄紗睡衣好像就是起源自法國……今日子小姐就連睡衣也不會穿同一套嗎。

先不管這些，今日子小姐身上的薄紗睡衣，簡直像是只用刺繡所構成，布料輕薄飄逸，幾乎可說是半透明，不管是左手臂上遭到篡改的備忘錄，還是右手臂上的犯罪預告抄本，乃至我寫在她肚皮上的誓約書，所有筆跡全都看得一清二楚。這樣看著她的全身，不禁覺得幾乎已經是人體彩繪了。

「嗯？怎麼了嗎？」

「沒、沒什麼……那，浴室……借我一下。萬一有什麼事，請你馬上大聲喊。」

我手忙腳亂地跟今日子小姐錯身而過，宛如逃命似地躲進浴室裡。身為助手，現在其實並非洗澡放鬆的時候，但是就現實面而言，不管她是偵探還是怪盜，身旁有個滿身汗味的臭男人，大概都不是件愉快的事。

今日子小姐才剛用過的浴室讓人緊張極了……但這時也不好再回自己房間。只好趕快洗個戰鬥澡——我雖然不敢指望在我洗澡時，落單的今日子小姐會自己不小心睡著，但也不是沒有這樣的期待。

希望能贏過老天爺這個莊家。

然而，剛才今日子小姐大方袒露在我面前的那些寫在她身上的備忘錄，即使洗過澡也沒有絲毫暈染的痕跡……那枝簽字筆似乎灌了強力的墨水，而非普通的油性筆——莫非是海外旅行專用的嗎。

當然，「怪盜」那兩個字用的應該也是同樣的墨水。

這麼一來，就算今日子小姐不小心睡著，好像也無法輕易地擦去備忘錄遭篡改的部分。平常寫備忘錄時，為了不留下紀錄，今日子小姐都是用容易擦去的墨水，為了這趟被身分不詳的委託人招待成行的海外旅行，還特地換了不同墨水，可見她並不是毫無戒心——只是不得不承認，在此還是怪盜技高一籌。

也對，畢竟都能模仿今日子小姐的筆跡了，當然也能準備同樣的墨水和不傷肌膚又能卸除強力油性墨水的藥劑——嗯。

怎麼回事，剛才腦中好像閃過什麼……到底是什麼？沒辦法，腦子還是轉不太過來。看紺藤先生來信時雖感覺略有回復，但現在又卡住了。

既然如此，乾脆向今日子小姐說一聲，稍微小睡片刻比較好也說不定——這種軟弱想法開始在內心抬頭。當然，我不是要回自己房間，而是借用這個房間的床……不，就算這樣能達到不讓今日子小姐獨處的目的，身為助手的任務也不算完成，說出這句話的那一瞬間，可能就會被炒魷魚。

真是夠了……我也算是踏遍各種職場，也被各種職場開除過的某種職場專家，但是說真的，再也沒有比置手紙偵探事務所更折磨人的職場了。

一面想著，一面淋著高溫熱水，我想盡辦法希望保持意識清醒——泡澡可能會在坐進浴缸的瞬間睡著，所以只以淋浴了事——接著準備穿上衣服。

唉，腦筋果然轉不過來。

光靠淋浴無法清醒過來。

今日子小姐穿著薄紗睡衣的模樣令我心神不寧，手忙腳亂地衝進浴室，忘了拿睡衣——不僅如此，睡衣還躺在我房間的行李箱裡。

都把身體洗乾淨了，但看樣子只能再穿回剛才脫下來的衣服——也罷，就算穿睡衣，反正也沒有要睡覺，穿著太舒適，變得更想睡也很麻煩。

我努力地從積極正面角度解釋這個小之又小的自作自受，離開浴室——看見今日子小姐正躺在床上。

難不成!?

我反射性地衝上前去。

「怪盜紳士又趁我不注意的空檔對她伸出魔掌」這種可怕的可能性，以及「今日子小姐在我不注意的空檔不小心睡著」這種可喜的可能性。

前者與後者的落差也太大，只可惜兩者都不是——今日子小姐雖然躺在床上，但眼睛睜得大大的。

然後注意到我。

「哎呀。厄介先生，你洗澡好快啊。」

竟然還說這種話。

像是氣球洩氣般，頓時我全身無力。

「我還以為你睡著了。」

「抱歉。讓你擔心了。我在想事情呢。」

「想事情？」

要想事情，也不用躺在床上想吧……喔不，就算睡著也無所謂……

唉，我的立場真是尷尬。

「『今天的我』的記憶始於在這張床上醒來時。可是，身上並不是這種舒適的家居服，反而穿著像是要出門的可愛洋裝，彷彿接下來要去巴黎逛街似的。我覺得很不可思議——所以才擺出相同姿勢來思考。」

在開口問之前，她就回答了我的疑問——真敏銳，真是太敏銳了。

真希望今日子小姐能繼續沿著這條線索推理下去。

真希望她能沿著這條線索，推理出自己可能是被什麼人強制迷昏的可能性，以及備忘錄遭到篡改的可能性。可惜的是，既然她這麼敏銳，如今我也只能放棄「積極讓今日子小姐睡著」的紺藤先生提案。若能以此換得偵探的完美推理，就再也沒有比這更理想的結果了。

然而，我的願望又再度落空。

「肯定是長時間的飛行太累，所以才會連衣服都沒換，就穿著外出服睡著了吧。比起這件事，厄介先生，你不換衣服嗎？」

明明世界上再也沒有比我穿什麼衣服更不重要的事了——今日子小姐卻毫不在乎地迅速轉移了話題。

「呃，啊……我忘了從房間帶衣服過來換。」

我感到失望，卻也同時回答了這個無關緊要的問題，今日子小姐就這麼躺在床上，一臉無法置信地說道。

「那也不用穿回同一件衣服吧。反正等一下就要脫了。」

不不不，饒了我吧，我又不是走在流行尖端的今日子小姐，連續兩天穿著同一件衣服不過是……咦？

反正等一下就要脫了？

「哎唷。」

今日子小姐翻了個身，毫無防備地靠了過來，接著極為自然地伸出她的手臂，同時用水汪汪的大眼看著我——那絕不讓盯上的的獵物逃走的眼神，完全是世紀大怪盜的眼神。

「整晚不讓我睡覺，不是厄介先生的工作嗎？」

第二天

1

第二天，我與今日子小姐再度來到戰神公園，排在當時已經大排長龍的隊伍後面，終於進入了心心念念的艾菲爾鐵塔。搭乘軌道電梯——當然不是，而是搭上設置於鐵塔塔腳裡的電梯。電梯居然是傾斜著緩緩上升，打從第一秒就出乎我意料。

我原本還在想，這座電梯裝設起來想必非常費工夫，而且還要裝進塔腳內部，究竟是多麼浩大的工程。沒想到似乎早在設計階段，建築師就已經把電梯規畫進去了——真不知該怎麼說才好。

順帶一提，在安裝有電梯的塔腳一旁，有座金光閃閃的古斯塔夫・艾菲爾銅像。

1832—1923。

享年九十一歲……考慮到時代背景，可以說是破天荒的長壽了。

他到底是一位什麼樣的建築師呢？

「當時的法國甚至還曾掀起一陣『不承認鐵塔是建築物』的風潮哪。所以或許不該稱他建築師，稱為技師會比較正確。」

今日子小姐說。

「是喔……那麼，他到底是位什麼樣的技師呢？」

「一言以蔽之，是個與眾不同的怪人吧。」

「怪人……？」

的確，會想在當時的法國、當時的巴黎建造這樣的建築物，肯定是個怪人吧……或該說他是個偉人呢？

「到了最頂樓，厄介先生就會明白了。正所謂百聞不如一見——凡事都是靠體驗。」

就這樣，今日子小姐走出把人擠成沙丁魚的電梯，我連忙追上去。

鐵塔實在太過於巨大了，一旦走進塔裡，幾乎弄不清自己究竟在塔中的哪個位置？究竟進入了何處——這也許不是個恰當的比喻，但我感覺自己就像是被巨大的怪獸吞進體內似的。

從平面圖來看，塔內共有三個觀景台，出了電梯的第一觀景台有部分地面做成所謂「玻璃地板」，可以看到正下方的風景——這個總該是最近才改建的設施了吧。然而膽小如我，壓根兒也不想站上去，但今日子小姐就像芭蕾舞者般，站在玻璃上轉了好幾個圈——真了不起。

第一觀景台離地五十七公尺，第二觀景台離地一百一十五公尺，至於第三觀景台則是離地兩百七十六公尺。

來到第三觀景台，就算不是玻璃地板，光是高度也會讓有懼高症的人感到頭皮發麻，而從近年興建的高塔建築物來看絕對無法想像的是，在這樣的高度居然還能讓人走到外頭去！雖然要頂住劇烈的強風吹襲，但從高空看出去的風景的確是美不勝收。

今日子小姐也眺望了三百六十度全景的巴黎街道。

「既然要偷，真想連這整片風景都一起收下呢！」

之後還發表聳動感想——很遺憾，昨晚我無法讓她忘記自己是怪盜。

而且深入解讀這句話，也可以解釋成「艾菲爾鐵塔正是因為與巴黎街道同在，才會如此閃閃動人，光是偷走鐵塔，也無法得到它真正的價值」——會這麼說，足以證明她尚未找到「怪盜為何要偷走艾菲爾鐵塔」的答案。

實際上，從艾菲爾鐵塔看出去的景色之所以那麼漂亮，並不完全只是因為從高處眺望的緣故——從高空看到的街景井然有序，令人不禁懷疑是否與京都同樣，也在公園周圍設下建築高度上限。

尤其是凱旋門附近，放射狀的道路更是美麗無比。

從飽受破壞風景批評的艾菲爾鐵塔看出去的景觀反而是最美的這點，也讓人覺得有些難以釋懷……

甚至讓人產生聯想，現在的街道建設是否才反倒受制於「不能破壞從艾菲爾鐵塔看出去的景觀」之類的規定。

或許早就知道要站在玻璃地板上或受到強風的吹拂，今天的今日子小姐穿著緊身牛仔褲，上半身則是套了件看起來很暖和的毛衣。不只是好看，還配合了時地物調整穿搭，看起來就像是個貨真價實的巴黎女郎。

只不過，如果真的是法國國民、巴黎市民、巴黎女郎，反而不會這麼仔細觀察艾菲爾鐵塔吧——不管是第一觀景台、第二觀景台還是第三觀景台，今日子小姐都是瞪大了眼睛仔仔細細看過了一遍，不僅僅是欣賞讓人心蕩神馳的絕美風景，還有鐵塔的構造本身。

如果只當她是艾菲爾鐵塔的狂熱粉絲，無疑是令人會心一笑的風景，但只要一想到這是怪盜來場勘，真是讓我緊張得心臟都快跳出來了——不談觀景台有多高，也覺得實在太刺激。由於今日子小姐身形嬌小，一舉一動還給人可愛的感覺，換作是我，採取同樣舉動也只會像個四處徘徊的可疑人物，三兩下就受到警衛出聲關注。

豈止關注，被銬上手銬也不奇怪。

「嗯哼。嗯哼嗯哼。」

就連張貼在各個角落的解說，今日子小姐也都無一遺漏地詳閱一遍——當然那些全是用法文寫的，但她可不是跳著看，所有都是從頭讀到尾。

沒能從紺藤先生那裡問到我想知道的情報，因此我目前依舊對今日子小姐在海外的經歷一無所知。只是現在看她這個樣子，對於今日子小姐而言，所謂「語言障壁」大概是不存在的。

難怪她對解讀暗號如此拿手。

「嗯。我很喜歡來到觀光景點，平行閱讀看板或手冊上不同語言撰寫的解說，感覺就像同時閱讀翻譯小說和原著一樣。」

幾乎只認識日文的我，恐怕永遠無法像她那樣，享受解讀羅塞塔石碑的樂趣——說來，羅塞塔石碑是存放在羅浮宮美術館嗎？

不，羅塞塔石碑好像被珍藏在大英博物館。羅浮宮美術館裡則珍藏著蒙娜麗莎和米羅的維納斯。我在電影和教科書上都看過影像及照片，但本尊肯定更不同凡響吧。

艾菲爾鐵塔固然壯觀，但是既然都來到巴黎，可以的話也想參觀羅浮宮美術館和凱旋門……只可惜，今日子小姐眼下顯然沒打算走這種標準觀光路線。不僅如此，似乎還想在艾菲爾鐵塔內逛上第二輪。

雖說是怪盜場勘，但她對工作的熱忱依舊令人仰之彌高——雖然這不是身在高塔裡時該用的成語。

畢竟抬頭仰望，也只能看到塔的頂端……咦，頂端也能上去嗎？

話雖如此，若能將今日子小姐異於常人的專注力轉移到別的方向，或許就能打破這個僵局了。

「今日子小姐，從這裡看得到的風景裡……不，即使是看不到的也行，你在法國境內都沒有想去的地方嗎？」

我不抱希望如此問道。

「例如巴黎歌劇院或是聖米歇爾山，還有凡爾賽宮也在法國吧。聽說南法地方的氣氛跟這一帶完全不一樣，好像也很好玩的樣子。」

我靠著來自旅遊指南的知識，拚命想要引起今日子小姐的興趣——就連我都快被自己的努力感動到落淚了。

「據說加尼葉與艾菲爾是競爭對手的關係呢！」（註：查理・加尼葉是設計巴黎歌劇院的建築師）

果然還是不行嗎——不抱希望地問，果然只能失望。

轉移不了她的注意力。

「啊，這麼說來……好像還可以從法國搭電車，直接跨海前往英國呢。如何？要不要去夏洛克．福爾摩斯的國家致敬一下？」

「致敬？你在說什麼呀，厄介先生。偵探可是敵人喔！」

今日子小姐轉身面向我，一臉詫異——我說錯話了嗎？

即使抬出夏洛克．福爾摩斯的大名，也無法消弭寫入今日子小姐腦中的錯誤資訊，真是太傑作了……

「不、不是的，我的意思是說……呃，應該對可敬的對手致上敬意。」

「哼。說的也是。正因為有偵探的存在，怪盜才能閃閃發光嘛。」

今日子小姐姑且接受我牽強的解釋。

然而，針對我列舉的觀光景點，她的反應卻極為冷淡。

「厄介先生想觀光，等工作結束再去逛吧。我可以為你帶路喔。」

不只艾菲爾鐵塔，我剛才舉出的那些代表性地標，她顯然記得自己都已經去過了……明明連自己是偵探都忘了。

成為偵探以前的今日子小姐——嗎？

若非處於這種狀態，真想繼續追問下去——算了，害怕知道真相的心情也很強烈，不用對唐突逼近眼前的祕密追根究柢，我也無法否認自己感到有些如釋重負。

「別那樣一臉無精打采的嘛。既然厄介先生這麼想觀光，那對於內部的勘查就到此為止，先去吃一頓充滿法國風味的午餐吧。」

不知她是怎麼解讀我因為期待落空而深感沮喪的神情（無精打采？）今日子小姐如是說——因為排隊等電梯的緣故，沒吃到像樣的早飯，所以這個邀約著實很誘人。

不過，也不能光顧著高興。

塔內的勘查告一段落，就意味著場勘工作告一個段落——這也表示終於要將竊取艾菲爾鐵塔作戰付諸行動也說不定。

雖然隨口稱呼她是世紀大怪盜，但如果能偷走這座從下往上、從遠到近、從內往外，不管怎麼看都是龐然大物，連其總重量都難以想像的艾菲爾鐵塔，倒也是完全無愧這個稱號的大犯罪。

真是一樁巨大的犯罪。

既然她說要以最快的速度偷走……我唯一的指望，就只剩今日子小姐還沒完全推理出該怎麼回答「自己為何要盜取艾菲爾鐵塔？」這點了。只要她還沒弄清楚這一點，即便是世紀大怪盜，應該也不會立刻執行世紀大犯罪……然而，這個想法實在太天真了。

「結果探勘完場地，還是想不通我為何要盜取艾菲爾鐵塔。」

今日子小姐說得輕鬆，走向電梯。

往下的電梯依舊大排長龍。

「不過算了。那個等偷完再想好了。」

2

這種火速撤回前言的狀況，在她還是最快的偵探時也發生過好幾次，身為對今日子小姐知之甚詳的老主顧，事到如今也沒什麼好驚訝的。但由於我無論如何都想阻止今日子小姐染指犯罪，於是只好表情嚴肅地一再勸說她「還是先找出答案比較好，不要放著不管」之類的試圖爭取時間，但終究還是徒勞無功。

今日子小姐之所以會允許自己先下手再思考的原因，或許因為標的物是艾菲爾鐵塔的緣故。建造時壓根兒也沒想到將來會做為電波塔使用的艾菲爾鐵塔——從此得到「之後再思考原因也無妨」這般大而化之的肯定感。

若真是這樣，我實在無法不怨恨建築師（或該稱為技師）古斯塔夫・艾菲爾……對了，今日子小姐登上鐵塔前，還到他的胸像前鞠了一個躬——難道是在知會他一聲，接下來將偷走他的作品嗎？

「艾菲爾鐵塔是配合萬國博覽會時間表興建的，據說是施工時間很短的緊急工程。從當時的技術來看，能以那種速度完工，簡直是奇蹟。」

「喔……」

「該尊稱他一聲最快的建築師呢。就連我也與有榮焉。」

能夠的話，真希望她不是以最快怪盜的身分，而是以最快偵探的身分感到與有榮焉，但這就先略過不談了。

說到與有榮焉，不只是今日子小姐，就連我，隱館厄介，似乎也跟艾菲爾有共通點。

那是發生在艾菲爾鐵塔蓋好後的事了，據說艾菲爾曾經無端被人冤枉入罪——最後雖然獲判無罪，但是看來冤罪這種事，從很久很久以前就已經在世界各地層出不窮。

不過，若說因為有這種（彼此都不樂見）的共通點，就覺得有親近感的話，倒也不盡然。之所以這麼說，是因為來到塔頂之後，我也總算才明白今日子小姐為何會說艾菲爾並非偉人，而是稱他為怪人的原因。

果然是百聞不如一見。

艾菲爾鐵塔的塔頂有個多角形的房間，傳說艾菲爾本人曾經在這裡住過——他竟然把距離地面三百公尺的視野整個據為己有。

不過位置高歸高，塔頂的房間實在稱不上寬敞，也不覺得住起來會有多舒適。房間現在是展示室，但展示的不是艾菲爾胸像，而是他的蠟像。

根據今日子小姐的說明，被安置在艾菲爾的蠟像身邊，兩尊面對面像是在交談般的另一座蠟像，則是前來拜訪房間主人的發明家愛迪生（這才是偉人）——兩人之間，到底發生過什麼故事呢。

別說在當時是異端，這種人就算生在現代，也還是異端吧。

或許跟小說一樣，應該將作品與作者分別看待，但是想到要偷走這種奇才怪人建造的建築，感覺比登天還難——雖說上鐵塔可以坐電梯。

我們走進位於塞納河畔，據說早在艾菲爾鐵塔興建以前就開始營業，光從外觀便能感受到其悠久歷史的露天咖啡座，提前享用午餐——一想到這說不定是我人生的最後一餐，難得品嘗到了法國菜卻也食不知味。

絕不是誇大的被害妄想。

就算找出再多與京都的共通點，這裡依舊不是日本，實際上，在街頭偶遇的每個警察身上都配備著機關槍——萬一行動失敗，很可能不只是被逮捕這麼簡單。不，即便在日本，要是有人膽敢不知死活地想偷走東京鐵塔，警方也會毫不遲疑地掄起來福槍射殺吧。

傷腦筋。

讓她成功得手算了——我不禁感到自暴自棄。不開玩笑，比起不小心失手，兩人一塊遭到正義的警察伯伯射殺的展開，乾脆讓今日子小姐成為一名反派英雄揚名立萬，我還比較能接受。

與其成為罪犯，導致身為偵探的名譽掃地，還不如請她選擇一死——我由衷地尊敬身為忘卻偵探的今日子小姐，但也不會這麼想不開。

怎麼可能會這樣想。

到時候……這樣好了……身為助手的我與她算是命運共同體，我也就繼續當怪盜的助手，在今日子小姐的手下工作……只要別因為遭到冤枉被開除的話，應該……

「怎麼啦？厄介先生，你怎麼流露出一股悲壯的氣息？還沒過中午就擺出一副苦瓜臉，這樣不行喔！」

今日子小姐拿起送上桌的火腿蛋三明治，一臉茫然不解地開口問我——真是怪盜不知助手心。

今日子小姐才是不該還沒過中午就暢飲葡萄酒吧……再這樣喝下去，與其說是酒國女英豪，更像是不知節制的酒鬼。

「因為在法國，葡萄酒就跟水一樣啊。」

「這什麼國家啊？又不是愛媛縣。」

「如果我沒記錯，『愛媛縣人把柳橙汁當水喝』其實是都市傳說……」

這種對話讓我稍微放鬆了些，終於也開始享用乳酪鹹派——餓著肚子無法偷東西……是嗎……

當然，我還沒死心。

在成功與失敗之前，有沒有偷走艾菲爾鐵塔的策略才是重點——從這個角度看過去，隔著塞納河，艾菲爾鐵塔依舊矗立在必須抬頭仰望的位置。忘卻怪盜到底打算怎麼偷走它呢？

差不多也該說清楚了。

「我當然有策略呀。」

到底是怎樣的策略——只見今日子小姐接著說。

「我一開始就知道要怎麼偷走這個寶物了。」

真希望是在偵探模式下聽到這句話。

只是，身為忘卻偵探的今日子小姐也經常把「我從一開始就知道這起案件的真相了」這句話掛在嘴邊，但是那只是一種名偵探獨自的美學展現，其實大多時候都不是真的一開始就知道——所以別說是一開始，就連現在，她可能也只是邊說邊想。

與偵探時不同的是，我迫切地希望她現在就能夠在這裡好好地把這句關鍵性台詞講清楚、說明白……能嗎？

「是這樣的嗎，真不愧是今日子小姐。所謂足跡遍布全世界的怪盜、論計謀舉世無人可出其右的女中豪傑，指的就是您呀。」

先送上一段奉承之後，我接著說。

「到底是什麼樣的策略呢？身為助手，總要先把您的神謀妙策搞清楚，到時才好順利助您一臂之力呀。」

雖說是助手，也只是在一旁讓她保持清醒，說穿了只是用來代替鬧鐘的助手，但這裡就靠氣勢撐過去吧。

今日子小姐倒也沒給出「等你看到就知道啦」這種壞心眼的答案。

「那我就按照順序說明吧。反正我已經賣夠關子了。」

今日子小姐看向艾菲爾鐵塔。

「全長三百二十四公尺的鐵塔，要算出正確的總重量好像很困難，但根據我的目測，大約是有個七千七百七十七公噸吧。這麼一來，不管用上再巨大的重型機械，都不可能舉得起來。」

「是，說的也是。」

根本不用特地拿出數據講得像在論證似的，誰都看得出不可能（最好是七千七百七十七公噸啦!?）。

總之，我決定當個沉默的聽眾。

「可是，挑戰這種不可能的任務，還真是令人難以抗拒呢！」

今日子小姐說著很像怪盜會說的話。

我決定當個沉默的聽眾。

「畢竟忘卻怪盜，雖然想不起來自己為何要偷走艾菲爾鐵塔，但是在飯店的房間醒來，看見寫在右手臂上的犯罪預告時的那一瞬間，一共想到了三個方法。」

「三……三個方法嗎？」

這並非演技，我是真的由衷佩服。

右手臂上的「犯罪預告」雖是今日子小姐寫的沒錯，不過嚴格說來只是抄本——與「昨天的今日子小姐」在想什麼一點關係也沒有。儘管如此，在看到那則預告的瞬間，就能立刻想到三種偷走艾菲爾鐵塔的方法——就某個角度來說，推理能力太過人也是一種罪過。

太聰明也不見得是一件好事。

正因為如此，「怪盜淑女」才會找上今日子小姐，換作是我，即使認定自己是怪盜，同樣是連一個方法都想不到。想到最後，大概得到「自己並不是怪盜」的結論吧。這次的事件實在處處都讓人覺得諷刺。

「果然……真是有今日子小姐風格的網羅推理呢。」

「網羅推理。推理？」

「不、不是。是網羅推倒。我是說推倒。」

「推倒……聽起來像是沒人要的魯蛇才會幹的下流犯罪，完全沒有怪盜的感覺吧。請把我當成大犯罪家，更尊敬一點。」

就算要我更尊敬她一點，我也不知該從何尊敬起，總之似乎是蒙混過去了。幸好今日子小姐似乎心情好，沒有繼續深究。

「那麼，你要採取那三個方法中的哪一個呢？」

只要能問出這個，或許就能想到該如何預防，我抱著一絲希望，急切追問。但今日子小姐卻不慌不忙地舀起南瓜湯。

「這個嘛，其實我心裡已經決定要採用哪個方法了，但也想聽聽厄介先生的意見。」

感覺遊刃有餘。

縱使追求速度，但她絕不是冒失的人——這樣一來一往，感覺上就像是在開午餐會報，但其實是在討論極為不妥當的犯罪行為。

「那麼，請容我從方案一開始向你簡單介紹。請多多指教。」

今日子小姐對我行了一禮，我也下意識地點頭回禮「彼此彼此」——愈來愈像在開會了。

「方案一，名為『分屍大作戰』。」

「……」

真是駭人聽聞的作戰名稱。

昨天想到「分屍」一詞時沒說出口，早知道也不用勉強吞下去——要以倫理道德來審視怪盜，固然只能說他們是犯罪者，但怪盜往往擁有著自己的獨特美學。也因此，「不動手殺人」應該是怪盜們共通的不成文規定。

不拿善人的錢也絕不取人性命——是魯邦三世的原則。雖然小林少年曾讓怪人二十面相身陷危機，立場逆轉時，卻也說著「反正我也沒打算殺人」，慷慨出手救了小林少年——就算不再身為偵探，身為推理小說的忠實讀者，今日子小姐不可能不知道這點。

我捏著一把冷汗，傾聽『分屍大作戰』的細節。

「請容我再重複一次，要偷走艾菲爾鐵塔，問題還是在於它的尺寸及重量。除此之外還要補充一點，那就是無論晝夜，隨時都有人在看著它——請千萬不能忘了這一點。」

不管是忘卻怪盜叫我不要忘記，還是忘卻偵探叫我不要忘記，感覺都一樣詭異。

然而，她說的沒錯。

就算艾菲爾鐵塔的尺寸只有現在的十分之一，甚至是百分之一，只要衝著艾菲爾鐵塔而來的觀光客人數不變，要偷走艾菲爾鐵塔的難度，實際上並不會有太大差別。

一般的警備編制自不待言，無時無刻都有無數隻眼睛看著守著——就和羅浮宮美術館的蒙娜麗莎一樣，雖然蒙娜麗莎的尺寸是一個人就能輕鬆攜帶的大小，但說到能不能在眾目睽睽下取走，答案是絕不可能。

既然是犯罪行為，最好別製造目擊者，可是一天二十四個小時裡，沒人看著艾菲爾鐵塔的時間，連一分鐘都沒有。

敬告

敬啟者。

近日將會去收下艾菲爾鐵塔。
請提高警戒。

怪盜淑女

「換句話說，等於是不花一毛錢，就僱到來自四面八方的警衛，二十四小時守著艾菲爾鐵塔呢。要從眾人視線裡偷出空檔，幾乎是不可能的。」

今日子小姐「哼哼」地微微笑了。

似乎「眾人視線裡偷出空檔」恰巧語帶雙關，打中她的笑點。

「這時就輪到『分屍大作戰』上場了。」

「是……是要把觀光客分屍嗎？」

這麼大規模的犯罪，果然跟什麼推倒的不能相提並論，卻也完全不值得尊敬——今日子小姐整個人都僵了，語氣粗暴。

「怎麼可能！」

今日子小姐難得不避諱周圍眼光，大聲說道——還好，看樣子在她的內心深處，「怪盜」的不成文規定依舊根深柢固。

只不過，她提出的方案也依舊瘋狂。

「是要把艾菲爾鐵塔分屍喔。」

「什麼？」

「將艾菲爾鐵塔分解，拆散至最細小的狀態，然後一個一個帶出來——如果可以，最好拆解到零件單位，把每個零件都拆到能夠放進口袋裡帶走的大小。如此一來，就算有目擊者或監視攝影機，要從之間『偷出空檔』倒也不是件難事。」

「……不是件難事嗎。」

不，還是件難事。雖說難度的確相對降低。

也就是說，這個作戰並非打算一次搬走艾菲爾鐵塔，而是要一點一點地搬出來——喔，原來如此，取個「分屍」這麼聳動的作戰名稱，指的原來是這個意思啊。

出現在推理小說裡的分屍命案，大致可以分成「與被害者有深仇大恨所以想將他碎屍萬段的分屍案」與「屍體實在太重搬不動所以肢解成小塊好搬運的分屍案」——這個大作戰則是採用後者的概念。

想必有些焊接著的部分，但畢竟是鐵塔，或許先熔解再帶出來……

「可是，就算能不被觀光客或監視攝影機發現，悄悄地，一點一滴地偷出來，遲早有一天絕對會曝光吧？」

如果只是少一根螺絲，或許就算有人發現，也不會被當一回事，但如果偷到少一根柱子、少一片玻璃地板這種一眼就能看出異常的狀態，怪盜的犯行也只能到此為止了。

又不是在演古典喜劇，不管再怎麼順利地搬運（艾菲爾鐵塔），也不可能在不被任何人注意到的情況下，讓艾菲爾鐵塔從公園裡消失得一乾二淨。

哪有這麼好事。

「沒錯。所以要在現場留下與偷走的零件相同的零件。偷走一根螺絲的話，就要鎖上同樣的螺絲。」

「……你是指要暗中將山寨品取代真零件放回原位嗎？」

「這也不能說是山寨品呢，零件都會用正規品。」

「……」

既然如此，一開始就不該以什麼「分屍大作戰」為名，而是更精確地取名為「希修斯之船（ship of Theseus）大作戰」才對吧。

透過一再修繕得以經年累月持續運轉的船舶。船上所有零件都換過，已經沒有任何一個當初出廠時的零件，這樣還能說它和出廠時是同一艘船嗎——一個類似這樣的比喻故事。

或許也可以用人類的細胞來比喻。人類的細胞約十年就會全部換新，那麼，十年前的自己與十年後的自己還能說是同一個人嗎？

「希修斯之船」算是以邏輯思考為重的思想實驗，乍聽之下並不會覺得很困難，一旦開始思考這個問題，往往會觸及相當程度的內在層面，是個充滿哲學性的問題。

可是提到這個，就連從這裡看過去的艾菲爾鐵塔，也早就不再是幾百年前建造當時的原樣。玻璃地板無疑是最近才新設的，各個樓層應該也到處都是修理修繕、改良改善、更新翻新的地方。從尚未肩負任務的鐵塔，搖身一變成為電波塔時，也一定另外又安裝了天線之類的——這些部分，也應該視為是艾菲爾建造的艾菲爾鐵塔嗎？或者那些都不是呢？

好難回答。

以重建燒毀的東大寺為例，那的確已經不是以前的東大寺也說不定，可是如果把重點放在於對東大寺的信仰上，重建後的東大寺不單只是跟以前一樣，人們寄予寺廟的思念與信仰，反而更加虔誠。

看來，應該還是要把超過百年屹立不搖、從不曾被拆過的艾菲爾鐵塔，視為一直以來的艾菲爾鐵塔吧。

使其傳承下去——

要把這座鐵塔分解成零件，偷偷地（或說妥妥地）換成新零件的作戰手法，確實是膽大包天到令人瞠目結舌，實實在在充滿怪盜風格的手法。

即使會產生「要在哪裡把拆成零件偷渡出來的艾菲爾鐵塔組回去」、「在重組之前，到底要把大量零件藏在哪裡」這些非常實際的問題，但原先「在眾目睽睽之下，要如何不被任何人注意到，才能確實偷走既巨大又笨重的地標」這個課題，算是完美地解決了。

要說什麼是唯一的瑕疵。

「如何？厄介先生。你認為這個『分屍大作戰』行得通嗎？」

「我有個問題。」

「請說。」

「要花多少時間才能完成這個完美的作戰計畫？」

「再短也要兩百年左右。」

「那我認為行不通。」

在執行任務的時候，艾菲爾鐵塔都要迎接三百週年紀念了好嗎——期間你以為會舉辦幾次萬國博覽會呀。

「這種作法，完全算不上最快的怪盜喔。今日子小姐，你接下來打算自稱是慢工出細活的怪盜嗎？」

「可是，兩百年只是以我和厄介先生兩個人挑戰的試算。倘若能動員所有日本人，以一億三千萬人來挑戰的話，就能大幅地縮短工時。」

「在那之前就會先爆發日法戰爭吧。」

或該說是大概連辯解的餘地都沒有，就會先與全世界為敵，播下第三次世界大戰的火種。到時候，被拆解成碎片的可能是日本的國土……這真是太可怕了。

「呵呵呵。也對，然而這些畢竟還只是草案。我只是把想到的原原本本地講出來，需要改良的地方堆得跟艾菲爾鐵塔一樣高，這點我心裡有數。請你陪我一起腦力激盪。」

「是嗅，腦力激盪嗎。」

對了，這是在「不能否定對方意見」這個前提之下進行的會議，說來也禁止吐嘈嗎。

不過算了，雖然是半開玩笑的點子，但是盜取艾菲爾鐵塔本來就是沒有討論空間的不可能任務，姑且不論有沒有實現的可能性，今日子小姐確實提出方案，多少讓這件事帶了一點現實感也是事實。

「那麼，請繼續為我說明方案二與方案三。」

「那當然。附帶一提，方案一是以我的動機是『取得艾菲爾鐵塔本身』為前提的方案。」

「……？」

「因為我是忘卻怪盜，人如其名，所以不小心忘了我為什麼要偷艾菲爾鐵塔，但是隨著動機不同，其實盜寶方法也會不一樣。因此我才會想先要釐清自己的動機，但現在就先採取散彈槍作戰，來個亂槍打鳥，總會有一個可行可用吧。」

今日子小姐最初的確很堅持這個順序——後來還是以速度優先，決定先偷完後再來思考「動機」的問題。而之所以能這麼迅速地切換自己的心情，或許是因為無論「不小心忘記」的動機是什麼，她都已經準備好足以因應的竊取手法了。

可是，如果不是「取得艾菲爾鐵塔本身」，那麼又會是什麼動機呢？

「方案二是假設我的動機為『偷走艾菲爾鐵塔後產生的效果』。」

「……取回巴黎原本的景觀嗎？」

「是的，類似這樣的動機。不過巴黎現在還有一座高達兩百一十公尺的蒙帕納斯大樓，所以光是偷走艾菲爾鐵塔，實在不足以取回昔日令人懷念的風景。」

今日子小姐逗趣地聳了聳肩。

蒙帕納斯大樓……應該是指從艾菲爾鐵塔的觀景台看出去，坐鎮遠方的那座威風凜凜的摩天大樓吧。聽說在興建當時，也受到跟艾菲爾鐵塔同樣待遇的高樓建築——或許也是人類潛意識之中「想蓋高塔」的願望，從神話時代仍不斷延續到現代的佐證。

不只是那座蒙帕納斯大樓，若是以鐵塔附近的石造街景為基準，巴黎市內也有許多角落幾乎可說是未來都市的一隅……至於引起爭議的羅浮宮美術館前玻璃金字塔就更不用說了。如果要把這一切全部偷走，行動規模將擴大到看不到邊際的地步。

「方案二，名為『艾菲爾鐵塔消失大作戰』。」

作戰名稱都像是從推理小說借來的，不禁讓人覺得今日子小姐骨子裡果然還是個偵探——要是她本人也能注意到這一點就好了。能夠自己發現是最好的，但顯然是想都不用想了——瞧今日子小姐說得眉飛色舞，現在也只能按兵不動，繼續洗耳恭聽。

「消失……是嗎。好新鮮的字眼啊。」

其實我聽都聽到膩了。

我已經體驗過好幾次消失事件——以嫌犯的身分。

「嗯，換個說法，這是一種戲法喔。」

「戲法？」

「不是偷走艾菲爾鐵塔，而是讓艾菲爾鐵塔消失的方法。雖說站在被偷的立場——對法蘭西共和國及法國國民，以及來自世界各地的觀光客而言，兩者都是一樣的。」

兩者都是——一樣的。

罪名當然不一樣，站在偷竊者的立場，兩者雖然是截然不同的行動，但是看在被害者（們）眼中，被偷和弄丟都是「東西離開身邊一去不返」，感受的差別並不大。就像「錢包不見」和「錢包被偷」受到的打擊雖然完全不一樣，但造成金錢損失這件事是一樣……的那種感覺吧。

剛才也提到過（還包括關於蒙帕納斯大樓的註釋，但那並不重要），倘若「怪盜淑女」的目的是要取回巴黎的景觀，那麼「偷走艾菲爾鐵塔」與「讓艾菲爾鐵塔消失」的結果，其實是一樣的徒勞。

硬要說的話，要做就要做到「從大家心中偷走艾菲爾鐵塔這個世界性的象徵」——這才符合怪盜的作風。

雖然還沒有討論到具體的細節，但也覺得「消失」的難度似乎要比「竊取」來得容易（一點）……

「沒錯。這樣就不用煩惱要把偷來的鐵塔放在哪裡了。要把偷來的寶物藏在哪裡進行管理，是許多世紀大怪盜傷透腦筋的問題——大多人是自行蓋個大型祕密基地之類的，魯邦三世或怪人二十面相都是如此。」

我自己又如何呢？是否也蓋了一座具備最新保全系統的大樓呢——今日子小姐已經極為接近真相。但這種第六感為何不能發揮在自己的頭銜上。

夠了。重點不在這裡。

重點是方案二可以直接做為「偷了艾菲爾鐵塔要放哪裡」這個問題的解答。這個「放哪裡」問題，就本質而言，很像是總算辦了貸款，買下心儀的房車，結果發現每個月的停車場管理費用居然比貸款負擔還大——這雖然是和怪盜浪漫美學完全背道而馳的小市民煩惱，但的確是現實中避無可避的問題，所以能解決這個問題的方案二，確實比方案一理想。

然而，方案二即便降低了這部分的執行難度，但也提高了其他部分的執行難度——首先，「消失」究竟是什麼意思？不會只是說法不同，結果做法還是和拆解方案差不多？要是那樣，依舊避不開曠日費時的難題……

「你說的沒錯。可是，過去那些偉大的魔術師們，都曾經成功讓巨大建築物消失過喔。」

「但那是變魔術——」

對喔，怪盜嘛。想變魔術也是可以變的。

何況，這些藉由魔術師們之手消失的「巨大建築物」，基本上（大概是無一例外）在消失一下之後，都會恢復原狀。

再說到動機。魔術師們的目的都是為了想要讓觀眾大吃一驚，所以先消去標的再使其毫髮無損地出現，更能讓觀眾的驚奇程度倍增——當然，這也是因為萬一無法恢復原狀，會被世人罵到體無完膚的關係。

嗯？這不是很好嗎？

總不能讓身為名偵探的今日子小姐真的染指犯罪，但如果只是變魔術的話，就還在勉強可以容許的範圍內——以「玩票性質」的怪盜惡作劇而言，倒也不是完全說不過去。

那麼要用什麼詭計來讓艾菲爾鐵塔消失呢——這點還不清楚，但我倒是很期待，畢竟過去的魔術師們已經創下成功的範例，只要今日子小姐善用她的灰色腦細胞，火力全開，應該不至於連一個讓艾菲爾鐵塔消失的詭計都想不出來吧。

這下子，我還真的期待起來了。

今日子小姐究竟要如何讓艾菲爾鐵塔消失呢。

「嗯！這實在太棒了！」

我忍不住大聲喝采，站起身來——發現其他客人和店員們全都對我投以訝異的視線，連忙坐回原位。

「嗯，這實在太棒了。」

我壓低聲線，小聲表達自己的感想。

「這真是太具有怪盜的本色了，今日子小姐已經在心中決定的方案，是否就是這個呀？」

從她說心中早有決定，我還以為方案三才是今日子小姐真正想要採取的方案，沒想到她會用這種假動作來製造驚喜，真是太會了。

「嗯……不過『艾菲爾鐵塔消失大作戰』是只能運用在並非以『竊取』為目的，而是只想『讓人誤以為鐵塔被偷了』的時候，是一種屬於用途受到局限的策略呢。」

咦？

感覺今日子小姐不是很起勁的樣子。

難道這不是她屬意的方案嗎？

「不，既然都提出來討論了，就不能說並非我屬意的方案。這個方法很和平，不著痕跡地把偷來的寶物還回去，也可以算是一種怪盜的美學吧。

可是，我實在不覺得自己是那種壞心眼，以嚇人為樂的人。」

「……」

關於這點，我不予置評。

今日子小姐絕非沒有這種以嚇人為樂的壞心眼，只是，倒也不是會把惡作劇的規模搞得這麼大的搗蛋鬼（Trickster）。

身為職業偵探的今日子小姐，毋寧說是公事公辦的那種人——因此，即便認定自己的職業是怪盜，面對這樣的動機，似乎還是無法在自己的理性及感情之間取得平衡。

原來如此。

「我是掟上今日子。怪盜。」再怎麼充滿浪漫要素，畢竟只是單純記述狀況的訊息，所以今日子小姐才能坦然接受，而不管是「想讓人吃驚」或者是「想讓巴黎恢復昔日的景觀」，這些就成了感情層面的問題，不能接受的就是不能接受——要是能再進一步思考，或許就能得到自己其實並非怪盜的結論，可是一旦輸入的狀況訊息似乎還是太強大了。

既然如此，今日子小姐感到遲疑的部分，就只能由我來當推手——只能由我來推怪盜一把。

只能由我來推動那個和平的方案。

「沒錯……我好像是那種……只對金錢感興趣的人……把存摺當聖經看的那種……提到要偷艾菲爾鐵塔，比起它高度什麼的，只想著要怎麼高價賣掉的人……」

「您在說什麼傻話，掟上今日子可是義賊喔。」

「我是義賊嗎？」

「是的。『錢這玩意兒，一旦超過某個金額，就只不過是數字罷了』是您的口頭禪。」

「好帥氣……」

「因為您是忘卻怪盜，所以可能已經不復記憶了，您還曾說過『真想看看孩子們發現艾菲爾鐵塔消失時的笑容』呢。是呀，今日子小姐以前經常跟我這麼說的。」

「聽起來真是句感人肺腑的台詞，但是這麼做，真的能讓孩子們展露笑容嗎？」

今日子小姐微側螓首。

「不過，嗯，也不是不可能。畢竟人其實意外地不了解自己呢。」

看來似乎不是很能接受，但也姑且聽信了我的說法。

對喪失記憶的人灌輸這些有的沒有的，我做的事其實也不比「怪盜淑女」好到哪裡去——但是為了保護今日子小姐，眼下也只能不擇手段了。

再者，這個方案二還有另一個好處，那就是「怪盜淑女」或許也會混進目睹這齣消失大戲的群眾中——好比現在，就算想遠走高飛，一旦今日子小姐真的要「偷走」艾菲爾鐵塔，會想到現場親眼目睹也是人之常情。

只不過，想坐觀成敗可沒那麼容易。

與真兇必定會回到犯罪現場的法則略有出入，但如果要逼出「怪盜淑女」，也就是本案的「幕後黑手」，無論如何都得上演這場魔術秀。

由世紀大怪盜所表演的世紀魔術秀。

本來就算用鞭子抽我，我也不想幫小偷的忙，但如果是魔術師的助手，那就另當別論了。

「那麼今日子小姐，就這麼決定了。我們來執行方案二『艾菲爾鐵塔消失大作戰』。」

「嗯……啊，可是，厄介先生，你不想聽聽知道具體的方法和方案三的『一人兩角第三大作戰』之後再決定嗎？」

「不用您如此費心！請把那些方法留給未來的孩子們！」

「我這麼喜歡小孩嗎？」

「是的！您所偷的一切都是為了孩子們！」

我不管三七二十一地強行推動方案二——並且否決了方案三。刻意不問方案二的細節和方案三（『一人兩角第三大作戰』？）則是試著展現我雷打不動的強烈意志——而這個嘗試似乎奏效了。

「好吧。既然厄介先生這麼堅持，反正方案三的動機……該說是比較偏向哲學嗎，總之是訴諸於精神層面……」

今日子小姐似乎拋開了迷惘。

我暫時鬆了一口氣，然而事後回想起來，這其實是我待在法國這段期間犯下最大的錯誤。比艾菲爾鐵塔還要巨大，比艾菲爾鐵塔還要沉重，身為助手的過失。

3

人誰無過。

我當然會犯錯，今日子小姐當然也會犯錯。

如果說在房間裡遭人偷襲睡著也算是種失敗，那麼仔細回想起來，忘卻偵探來到法國這件事本身就是損失難以估計的失敗——記憶每天都會重置的她，應該更深入地思考離開自己熟悉地盤的風險才對。

不過，就算這麼說，我犯下最大的錯誤也不可能因此一筆勾銷（消失詭計？）——才在自我反省時，這家時髦露天咖啡座的店員也犯了錯。

就在要把餐後上的甜點酒送到今日子小姐的手邊時，那位店員一個不小心，把整杯酒都給打翻了。

結果給今日子小姐的衣服上染上極大片的污漬。當然，今日子小姐並未對拚命賠罪的店員發脾氣，反而是笑著安慰對方。

「沒關係，因為我剛好也想買新衣服了。」

當然是用法文。

換衣服的頻率幾乎是在日本時的兩倍——這狀況固然誠屬意外，但是對今日子小姐而言，店員的粗心大意恰好是絕佳的藉口。

心心念念的購物時光。

或許也因為已經決定好作戰方針，她想要轉換心情，換個衣服重新再出發吧。

於是，我與今日子小姐用完午餐，走進一家名牌旗艦店。旗艦店離艾菲爾鐵塔及香榭大道有一段距離，位於凡登廣場附近，就連對時尚一知半解的我，也聽過這個牌子。

店面陳設一看就是以女裝為主，再也沒有比這種空間更令人手足無措（雖然也販賣男性服飾，但都是標新立異到我絕對穿不來的設計）。不過，要是不能陪女生逛這種店，就永遠無法自稱為巴黎男士吧。

我倒也沒有要自稱巴黎男士的意思就是了。

順帶一提，該說真不愧是流行時尚的發信地巴黎，還是該說真不愧是今日子小姐品味甚高呢，整間店裡全都是險些令人跌破眼鏡的昂貴服飾——她是打算把買衣服的費用當成必要支出，向委託人請款嗎？

啊，不對不對。

今日子小姐如今已經忘了委託人的存在，所以打算全部自費吧……是啊，怎麼說，要像這樣每天（在法國的這段期間是每半天）都換新衣服穿，最後引來一部分的人批評她是守財奴，也是無可奈何的事。

治裝費真不是小數目。

不提別的，一面有說有笑地跟店員聊天，一面挑選適合「犯案」的衣服的今日子小姐，看起來真的很開心。不曉得他們在聊什麼，不過就算換成日文，大概也都是一些我聽了也不懂的時尚用語吧。

愈來愈不知道該如何自處。

可是，對了……還有委託人的事。

就算今日子小姐能成功用消失詭計的戲法將「怪盜淑女」引出來，在不確定委託人是誰的情況下，別說是委託費用，今日子小姐就連必要支出也別想請款。

更悲慘的是，倘若如我所預料，「怪盜淑女」就是委託人的話，今日子小姐可能會落得做白工的下場。

豈止是做白工，根本是虧大了。

不過，還能考慮到這種利弊得失的問題，表示我的心情已經冷靜下來，多少有些餘裕了……自從今日子小姐變成怪盜，我的神經幾乎隨時都處於緊繃的狀態，現在好不容易看到解決的曙光——只是，此時一旦放下心來，疲勞（與睡意）可能會一口氣大舉來襲也說不定。

不能大意，必須步步為營。

「厄介先生，我去試穿一下。要是尺寸沒問題，我想直接穿著離開，所以請稍等我一下。」

原來買衣服時，還有這種把試穿過的衣服直接穿回家的啊……每件事都好新鮮。不知道標籤要怎麼辦呢？不過，這種店裡賣的衣服，可能原本就沒有標籤。

定睛一看，今日子小姐連同衣架抱著（捆成一束？）的衣服，看似是設計成燕尾服的款式……好像還有領結……她該不會要打扮成貨真價實的魔術師吧。

雖然是很難駕馭的舞台造型服裝，但要是今日子小姐，說不定還真能穿得有模有樣……見到今日子小姐似乎已經不再對於採用消失詭計的方案感到遲疑，我也再次感到如釋重負。

這麼一來，即便處於最糟的情況，也不會演變成最糟的結果……不，慢著，現在放心還太早。

「今日子小姐，先別進試穿室，讓我檢查一下。」

「檢查？」

我從一臉茫然的今日子小姐身邊鑽過，脫下鞋子，走進今日子小姐正要掀開拉簾的試穿室。

我也不認為這種像是典型巴黎時尚的高級精品店裡會發生那種事，但我聽說過在海外會遇上利用試穿室來擄人的綁票案之類的都市傳說——還是在漫畫裡看到來著？

像是地板會突然打開、把鏡子的部分做成暗門，擄走正在換衣服、毫無防備的女性，這也是一種消失詭計——而且還是更有推理懸疑氣氛的密室消失詭計。

截至目前，出現過太多次顛倒又顛倒、翻轉再翻轉的局面，我一定得避免「決定採用消失詭計的今日子小姐消失在試穿室裡」這樣的慘劇發生。

基於這個顧慮，我自告奮勇檢查試穿室，結果卻證明一切都是我神經過敏。試穿室內沒有任何陷阱或機關，只有一點問題也沒有的衣架掛鉤，和一動也不動的全身鏡。

這輩子背負過各種冤罪的我可以保證，這個密室裡沒有任何可以搞花樣的機關——我想當個凡事謹慎的傢伙，但這麼一來只是普通的神經質。

不只今日子小姐，就連精品店的店員們也都用白眼看我……真是的，自以為是貼身保鑣，結果卻丟臉丟到大西洋去了。

我清了清喉嚨。

「沒問題了。請進。」

重新打起精神，請今日子小姐進入試穿室。

「好的，那我就來試穿了。請利用等我換衣服的時間先想好晚餐要吃什麼。最好是豪華點的山珍海味。今晚就以全套大餐來舉杯慶祝吧。」

「舉杯慶祝嗎？」

我是很想這麼做啦。

但我的機票是明天非回日本不可——當然，我是曾打算視情況改機票，但如果能照原訂時間回去，當然是更理想。

雖然只看到艾菲爾鐵塔，卻得到各種意外的體驗……

「那就待會見了。」

今日子小姐從內側拉上試穿室的拉簾。

就算試穿室內沒有機關，都到了這一步，反正已經騎虎難下，我索性一不做、二不休地站在試穿室的正前方。

跟洗澡時一樣，固然不能往試穿室裡探頭探腦，但只要站在這麼近的距離，還是能清楚聽見更衣時布料磨擦的聲音。

藉由那些聲音可以判斷今日子小姐還在試穿室裡並未消失，萬一地板或鏡子真的打開，也能從聲音判別——整家店的店員都目不轉睛地直直盯著我看，但我才不在乎，這沒什麼，我早就已經習慣沐浴在狐疑的目光下。

真的沒什麼，不過是我的冤罪體質來到這裡，變得國際化而已。

脫下大衣的聲音。把大衣掛在衣架上。接著脫下毛衣。從左手開始脫。把放在地上的側背包稍微移到右邊。拉開牛仔褲拉鍊的聲音。折起來放在地上剛才移開側背包的地方。現在僅穿著內衣。內衣大概沒有沾到葡萄酒，似乎沒有打算連內衣也換掉。然後馬上換上拿進試穿室的燕尾服——到這裡，突然沒了聲響。為什麼？發生什麼事了？要衝進去嗎？不行。今日子小姐現在大概正看著鏡子裡自己的身體。寫在左手臂的個人檔案、寫在右手臂的犯罪預告、還有我寫在肚子上的誓約書。鏡子裡左右顛倒，閱讀起來應該很吃力吧……但是，如果是肌膚上的文字，她昨天已經用浴室的鏡子看過才是，如今再看一遍，應該也不會再有什麼新發現吧？說不定，是在沙盤推演要怎麼讓艾菲爾鐵塔消失的方法。那類的消失詭計也好像都會用到鏡子……就在此時，一時停止的更衣聲又再度傳來。這次聽來好像是從長褲開始穿……

「不好意思，可以打擾一下嗎？」

噢。

正當我把全副精神集中在試穿室裡的微細聲響之時，突然被人搭話，使得我嚇了一大跳——咦，日文？

「啊，是……是！可以！」

宛如所做的虧心事被人從背後揭穿一般，我連忙回過頭去。只見眼前有位個頭矮小的老爺爺正仰望著我。

雖然不知道他是否留意到我的怪異舉止（？），總之看起來是個笑容可掬的和善老人——嗯？是日本人嗎？看起來確實是亞洲人——喔，是，是日本人。因為他手裡拿著日文的旅遊指南。

不知「怪盜淑女」會從哪裡冒出來再次對今日子小姐下毒手，我一直對四周充滿戒心（還有就是豎起耳朵傾聽從試穿室裡的聲響太專心），因此看到這位和藹的日本老爺爺，不禁鬆了一口氣。

「小兄弟，可以請你告訴我路該怎麼走嗎？我想去看艾菲爾鐵塔，從這裡該怎麼過去呢……我還以為只要來到巴黎，從任何一個角落都可以看到艾菲爾鐵塔，結果卻完全迷路了。」

「這樣啊。」

即使是巨大的艾菲爾鐵塔，也不是從巴黎的任何一個角落都能看到——若正前方有建築物擋著，就算巴黎市有建築高度限制，就算觀光客本人長得再高大，視線也會被遮住。看樣子和善老人是站在馬路上，透過玻璃落地窗看到店裡疑似同為日本人的我，才進來找我問路。

真是的，我實在太緊張了。

要是把所有人都當成敵人，反而會出錯吧……艾菲爾鐵塔的位置？由於短期內已經去過兩次，著實難不倒我。

「虧我還對老婆說了大話，真是太難為情了。」

和善老人說道，轉身朝站在商店門口附近的老婆婆揮了揮手——注意到老人動作的老婆婆，便向這邊點了點頭。於是我也隨口問了一句。

「夫婦倆一塊來旅行嗎？」

基於冤罪體質，我會下意識地對第一次見面的人表現出比必要以上更殷勤的態度，但現在也不只是這樣，我是打從心底覺得溫馨。

「對呀。這是孫子送給我們的禮物。我也想在有生之年，一定要來看一眼艾菲爾鐵塔才好。」

「原來如此。等你們看到了，肯定會大吃一驚的喔。」

我邊說邊離開試穿室前——我認為比起拿著旅遊指南上的地圖告訴他該怎麼走，不如走到馬路上，指出方向會比較容易理解吧。反正因為我的怪異舉止（？）店員肯定也會對試穿室多加留意，只離開一下下，今日子小姐應該不會就此不見的。

同為日本人，當然要互相幫助嘍。

今日子小姐還是忘卻偵探時，要僱我為助手時是這麼說的。我一直把這句話放在心上——沒想到竟有人巧妙地利用了我放在心上的這句話。

我的記憶截止在踏出那家店的前一秒。

真是太丟臉了。只能以丟臉二字來形容。

這次的案子出現過太多次顛倒又顛倒、翻轉再翻轉的局面，我應該更審慎地考慮到不只是今日子小姐，就連我也有遭到攻擊的可能性。

4

不能因為對方是日本人就相信對方。

不能因為對方是和藹老爺爺就相信對方。

再說了，不見得對站在外面的老婆婆揮手，那兩個人就一定是夫妻——即使是萍水相逢的陌生人，縱然沒有冤罪體質，見到有人朝自己揮手，有禮貌地點個頭示意，也是很正常的反應。

簡直是遇到宛如經典範例般的騙局。只是憑良心說，我的行為的確是輕率到就算把小命弄丟也不足為奇。

不過，我的小命還在。

那是當然——因為對方是怪盜。

活在現代，活在現實生活中的——怪盜紳士。

當我恢復知覺，發現自己身在昏暗的空間裡，坐在一張桌子前。完全不知道現在幾點、我人在哪裡，稍微感受了到一點今日子小姐的心情，但是想當然耳，我的記憶並未重置。

只是出現了一小段空白。

周圍雖然陰暗，但也沒到伸手不見五指的地步——宮殿？不對，啊，是餐廳嗎？偌大的空間裡，鋪著桌巾的桌子井然有序地排列著……四周的窗戶全都拉上宛如帳幔般厚重的窗簾。

回過神來，發現我身上的衣服也被換過了。

我竟然穿著所謂的燕尾服——不知是為了配合環境的氣氛才被換上這身打扮，還是要遵守餐廳的服裝規定，總之我莫名其妙地穿上了令人喘不過氣來的正式服裝。

剛睡醒的腦袋還迷迷糊糊，想著真虧能找到我的尺碼……不對，這裡是法國，像我這樣的大塊頭其實沒有那麼稀奇。

法國嗎？

我還在法國嗎？

我只記得走出高級精品店前的事，至於後來發生了什麼事、我被帶到哪裡，我完全沒有記憶——

「你似乎累壞了呢，隱館厄介先生。麻醉的藥效應該沒有那麼強才對，但你還是睡得非常地沉。純真無邪的睡臉，就連旁人看了也覺得很幸福。」

「！」

聲音從我的正前方傳來。

同時響起擦火柴的聲音——桌上的蠟燭被燃亮了。

於是，看似一直坐在我面前的人物終於宛如幽靈般現身——那個笑容可掬，看起來慈眉善目，個子矮小的老人。

向我問路的日本人。

他也穿著規規矩矩的正式服裝，然而，給人的印象卻與在精品店見到時截然不同，但很顯然並不全是因為服裝的關係。

左看右看都覺得不是和善老人，不如說是他散發著一種不為社會所容的存在感。

根據我慢半拍的直覺，這個人才是世紀的大犯罪者——世紀大怪盜。

「……麻醉藥嗎？」

據說像氯仿那種經常出現在連續劇或電影裡的藥物，其實並不會像戲裡演的那樣瞬間把人迷昏……我到底是怎麼被綁來的？不過，既然是能夠讓今日子小姐睡著的人，要讓我失去意識，根本是易如反掌吧……

看了看手表，計算時差。

記得是中午時分進入精品店，如今已然是夜晚——的確，我會失去意識這麼長的時間，果然不完全是麻醉藥的效果。事實上，我已經將近兩天沒闔眼，所以這也是沒辦法的事……

「剛好是晚飯時間呢。餐前酒喝香檳好嗎？機會難得，就請你喝我推薦的酒吧。」

和善老人——原本和善的老人說著，裝模作樣地彈了一個響指。只見服務生無聲無息地出現在門口。看來這裡的確是餐廳沒錯——只是明明還不到三更半夜，店裡卻完全看不到其他客人，大概是整個包下來了。

能包下這家一看就知道很高檔的餐廳，對擄來的人施加壓力——這做法實在是太高明了。比起監禁在莫名其妙的廢墟裡，更有恫嚇的效果。

老人正用法文與服務生交談——我聽不懂他們在講些什麼，大概是在點餐吧。不知道香檳有多少種類，但老人似乎很講究。

法文流利到不像是日本人。

話說回來，判斷坐在我面前的他是日本人這點，應該沒錯——沒錯，我就是敗在因為對方是日本人而掉以輕心。本來應該早在昨晚就注意到才對——這並非不肯認輸，也不是在逞強，而是真心反省。

要是我有勇氣直視穿著薄紗睡衣的今日子小姐。

模仿今日子小姐的筆跡，竄改她寫在左手臂上的備忘錄——光是這樣就足以讓人覺得「真有本事」了，所以並未對文章進行深入的分析。

「我是掟上今日子，偵探，記憶每天都會重置。」——「我是掟上今日子，怪盜，記憶每天都會重置。」

只是改掉了兩個字，就把今日子小姐化為怪盜淑女，除了「真有本事」還真不知要怎麼形容對方的手腕——只不過，手臂上的備忘錄原文是以日文寫成，竄改後的文字也是日文。

既然如此，就能做出「改掉這兩個字的說不定也是日本人」的推理——縱使當場無法看穿這一點，在昨天晚上，再度看到剛洗完澡的今日子小姐寫滿全身上下的文字時，也應該要想到。

她那宛如羅塞塔石碑一般的身體。

當然，也可能單純只是精通日文的外國人所為。可是即便無法憑此就斷定是日本人——我還是被「身為怪盜代名詞的亞森．羅蘋是法國人」這個第一印象給局限住了。

可是，要是我能稍微聯想到「怪盜淑女」是日本人的可能性，那麼在精品店被叫住的那一刻，就不會那麼毫無防備——不僅如此，應該還能進一步推理出接下來的事。

我還以為「怪盜淑女」認識旅居海外的今日子小姐，所以才會寄犯罪預告給巴黎警方，藉此把她騙來法國，讓她化身為怪盜，好加以利用她——但如果是日本人，狀況就不同了。

只要知道置手紙偵探事務所。

只要認識現在的忘卻偵探，掟上今日子就夠了——還有。

如果知道隱館厄介是那家偵探事務所的老主顧——

「……從哪裡開始。」

「嗯？你想問什麼？」

「從哪裡開始，一切都按照你的計畫發展？」

即便事到如今，我仍然努力想擺出對等姿態、虛張聲勢。

「這還用說嗎？掟上小姐的衣服會染上葡萄酒，乃是我的指示。」

面對我的質問，原本和善的老人回答。

「希望你不要誤會，也請你不要責怪服務生，他並不是我的同夥，我只是給他幾張鈔票，請他幫我這個忙而已——而他也爽快地答應了。」

「……」

不，我並不是在問才剛發生的事情……只是，那也是他設計好的嗎。

弄髒今日子小姐的衣服，使她不得不去精品店換裝——也就是說，把她關在名為試穿室的密室裡，並不是要宛如都市傳說般擄走今日子小姐，而是為了讓我落單——為了綁架我所設下的陷阱。

沒錯。

為了綁走無奈成為怪盜助手的我。

「……」

「哎呀呀，瞧你那充滿疑惑的眼神。你該不會以為自己被旅行社開除也是我設計的吧？推卸責任也該有個限度。不能因為你老是受到沒有正當理由的懷疑，就也沒有正當理由地懷疑別人哪。會被旅行社的人當成嫌犯看待，可是你自己的問題。」

我只不過是算準時間，取消了飛往法國的機票而已——老人得意洋洋，笑著說道。

我已經不覺得他的笑容「和善」了，只覺得好邪惡。

……可是，原來如此。

老實說，我的確對此有些受到命運安排的感覺——原來我在法國巧遇今日子小姐並非偶然，真的是被人安排。

就連今日子小姐身上的助手合約，也不是因為寫在肚皮上才倖免於難，而是故意被放過一馬——不是因為穿著連身洋裝所以沒被看見，也不是因為想擦卻擦不掉。

「就算喪失記憶，也會重複同樣的動作，因為那已經是一種『習慣』，並非烙印在腦海裡，而是已經烙印在肉體上。隱館先生，我調查過你，也知道你至今擔任過忘卻偵探的助手好幾次——換言之，今日子小姐具有任命你為助手的『習慣』。」

「……」

這真是獨特的見解，我實在很難認同——真要說的話，我反而常常覺得今日子小姐會不會就連肉體的記憶都沒有留下來。

但是就結果而言，這次我被今日子小姐任命為助手——如同以前也發生過的，又被交付「不讓她睡著」的任務。

正中老人下懷。

如同將今日子小姐化為怪盜，也把我化做怪盜的助手——可是，這又是為什麼？

「因為——我還沒有不知死活到膽敢接觸掟上小姐兩次。」

老人說道。

供稱自己的罪行——不，是炫耀。

「打從一開始，我就打算選個適當的時機把你抓來。因為只要能問出掟上小姐想出的手段就行了——竊取艾菲爾鐵塔的手段。」

他一直在等這個時候嗎。

等我喊出「這實在太棒了！」的瞬間。

既沒有逃到國外，也沒有遠走高飛，而是混在觀光客裡——仔細想想，要是我能想到「怪盜淑女」可能是日本人的話。

然而，我卻始終下意識地將觀光客——亦即法國人眼中的外國人從嫌犯裡排除，排除在戒心之外。

不過，終究是一路錯到現在不回頭的我。

這下子也不能再靠想像說些五四三了——本來這應該是名偵探的職務，可是當偵探成了怪盜的現在，就算由我來執行，也沒人會有意見吧。

「你就是——『怪盜淑女』嗎？」

「既是（OUI），也不是（NON）。畢竟，那個稱號是特別為掟上小姐準備的。」

老人若無其事地回答。

「請叫我矍鑠伯爵。」

矍鑠伯爵精神矍鑠地回答。

5

原本和善的老人，同時也是元祖「怪盜淑女」——自稱矍鑠伯爵的老人明明就面對面坐在離我這麼近的距離，但是我卻無法順利看清他的形象——當然，在因為窗簾遮蔽光線形成的昏暗空間裡，看什麼都只能仰賴蠟燭火光多少有點關係，但老人也沒有特地戴個面具之類的扮假面俠，他的存在感卻彷彿透明，感覺像是不存在一般。

就算在街上擦肩而過，也是轉身即忘的長相——一旦錯開視線，就再也想不起長什麼樣。反過來說，他可以融入任何一個地方，去到哪裡都不會給人不自然、不對勁的感覺——無論是世界上的哪一個角落。

這就是活躍於全世界的日本人嗎。

或許那才是怪盜應有的資質也說不定，雖然跟今日子小姐有點不太一樣，但他也可以說是另類的忘卻怪盜。

曾幾何時，杯子已經擺在桌上——這家餐廳的服務生也並非矍鑠伯爵的同夥，只是普通的店員嗎？

「怎麼啦？不喝香檳就不算開始用餐喔，隱館先生。」

「……那我就不客氣了。」

並不是屈服於法國菜的魅力，而是如今再來絕食抗議也沒有意義。

「你大可放心，食物裡沒有下毒。我不會沒品味到在法國菜裡下毒。畢竟，我還想保持怪盜紳士的形象呢。」

「這樣啊……真是了不起。」

還以為眼下實在不是吃得出味道來的狀況，可是入口的香檳仍然美味，前菜的生蠔也稍微撫慰了我方寸大亂的心情。

不是用暴力把今日子小姐化為怪盜，而是兜了好大一圈，採取最俐落的方式完成目的的老爺爺——不只對女生很溫柔，就連綁架我這個壯漢時，也沒採取粗暴的手段。

既然是這樣，的確應該不會在餐點裡動手腳。

當然他也不是帶著敬意來對待我和今日子小姐——一切都只是行竊必須的手段。

「請放心，隱館先生。吃飽飯後，你就可以回去了。有需要的話，我還可以送你回飯店。」

「……」

「醜話先說在前頭，別指望會有人來救你。掟上小姐應該也沒有活潑到為了救你，不惜只穿內衣衝出試穿室吧。」

有道理。

他的目的不只是把我們分開，所以才會趁著今日子小姐進入試穿室，算準她無法自由行動的時機向我搭話——真是連細枝末節都設想周到。

我經常在想，一旦聰明絕頂的人真心想騙人，不管再怎麼提高警覺，都還是只能被騙。

不用說，手機之類的都被沒收了，我根本沒有辦法告知今日子小姐自己在什麼地方——話說回來，來到異國、東南西北都搞不清楚的我，也根本不知道這家餐廳在哪裡。

「送你一個伴手禮吧。」

矍鑠伯爵指著無人的隔壁桌。

定睛一看，那裡不曉得什麼時候多了個籃子，裡頭有一瓶小瓶的葡萄酒——送葡萄酒當伴手禮，是因為我來到法國嗎？

不過，瓶子裡的液體並不是葡萄酒。

「那是魔術墨水的溶劑。是我特別調配的，可以不傷肌膚地把備忘錄擦掉喔。這麼一來，掟上小姐就能告別『怪盜淑女』的身分了。」

「……」

不管是用來迷昏我的麻醉藥還是什麼的，拿出這麼多充滿怪盜風情的道具——服務精神也稍嫌過於旺盛了些。

大概是沒什麼機會堂堂正正地向人表明自己怪盜身分吧……所以就連看似超然自逸的老人，多少也有些來勁。

原理則大概很類似名偵探的解謎場面吧。

既然如此，乾脆請他更詳細地說明一下好了。太過於擔心今日子小姐，完全忘了要保護自己的我——對於自己是被設下什麼樣的陷阱、是怎麼樣被釣上鉤，現在的確已經明白到不能再明白了。但是儘管如此，不明白的地方還是堆得跟山一樣高。

謎團依舊堆積如艾菲爾鐵塔。

屹立不搖。目的不明。

也因為這樣，才更要讓藏鏡人志得意滿地說出真相——不這樣的話，我也無法乾脆地承認自己的敗北，無法成為痛快認輸的好男人。

「你對今日子小姐——還有我搞了這麼多花樣，就是為了讓她想出竊取艾菲爾鐵塔的方法嗎？」

「沒錯。我天真地想利用名偵探的頭腦來做壞事。」

的確是很天真——我想出聲表示同意，但最後還是忍了下來。

矍鑠伯爵現階段表現得很有紳士風度，也沒打算對我動粗，看來是真的要好好招待我——可是，惡棍終究是惡棍。

不曉得會在什麼時候、什麼地方突然翻臉。

我也還沒短路到不顧後果地口出惡言。

「置手紙偵探事務所的風評，我從很早以前就有所耳聞了。但也不能委託她『請告訴我偷走艾菲爾鐵塔的方法』——於是我才會心生此計。」

「……那……本案的委託人也是你嘍？」

「沒錯。這是委託人＝犯人的構圖。」

前菜之後，剛出爐的麵包拼盤接著上桌。我對酒類雖然沒什麼研究，但是至少還知道來法國菜餐廳一定要吃麵包這等常識。

話雖如此，還法國麵包就太沒意思了，於是我把手伸向牛角麵包。

委託人＝犯人嗎。

我想今日子小姐應該也清楚這種構圖。畢竟置手紙偵探事務所原本就將「委託人會說謊」視為鐵則，不可能不會對「透過代理人委託的委託人」這種匿名委託人提高警覺。

只是，基於忘卻偵探的性質，愈是不願意透露身分的委託人、不方便說得太明白的委託內容愈容易找上門，所以也不能因為委託人匿名，就將對方拒於門外——矍鑠伯爵究竟是如何說動今日子小姐的？

甚至還讓她動身出國……

「正好相反，我認為要在國內把她約出來還比較困難吧。由於是來自海外的委託，我才能讓掟上小姐產生了興趣。」

「……什麼意思？」

當時她雖然避重就輕地說「因為錢付得很爽快」、「因為法國是時尚之都，我是來血拚的」……就連我也知道，那只是敷衍我的場面話。

既然如此，真心話是什麼？什麼才是今日子小姐的真心話？

「如果是置手紙偵探事務所的常客……隱館先生肯定知道吧，忘卻偵探那段大空白時代，是落在她前往海外活動的時期——因此，我不著痕跡地裝做自己認識那個時期的她，讓她以為我知道她的過去。」

「……」

「你的表情好像是在說『就這樣？』——嗯，很意外嗎？掟上小姐不可能完全不在意自己那段空白的時代吧——就算在工作之餘，想一窺自己忘卻的過去也不奇怪，也沒什麼好奇怪的。以年輕人的用語來說，我只是促成她展開一段尋找自我之旅罷了。」

可惜的是，我其實對掟上小姐身處海外時代的事一無所知——矍鑠伯爵沒有一絲歉意地說。

「因為我所關心的，始終只是她的智慧——對她失落的過去一點興趣也沒有——你也是這樣吧？」

若問我是不是這樣，的確是這樣——然而，就算是這樣，也不能欺騙今日子小姐，絕對不行。

矍鑠伯爵以失落的過去為誘餌，把今日子小姐騙出國的手法或許依舊紳士，沒有傷害到任何人——但是沒有傷害到任何人、沒有訴諸暴力，不見得就符合紳士的條件。

不過，的確——這很合理。

尋找自我之旅——不是我這種逃避現實之旅，是目的更實際的旅行。

由於前提是來自法國的委託，「身分不詳的委託人或許真的知道今日子小姐的過去」的推論才能成立。但如果委託人的真實身分是日本人，那麼知不知道她的過去，就不是必要條件了——而且就算不知道，也能裝出一副知道的樣子。

可是……

「不惜做到這個地步，也要把今日子小姐弄出國的理由到底是什麼？把舞台交給偵探不是很危險嗎？就算只跟今日子小姐接觸過一次……」

「正因為危險……隱館先生，為了分散風險，我才會找上你啊。當然結果也有些出乎意料——你對掟上小姐的了解之深，居然能讓你發現筆跡是偽造的，這點就完全是在我的意料之外呢！只不過這麼一來，對我而言反倒是件好事。身為助手，你非常積極。並非只是隨波逐流，軟弱被動地捲入案件當中，而是出於自己的意志介入其中——為了保護掟上小姐而介入其中。」

「……」

「很抱歉將你捲進來。不過，也不盡然是不好的回憶吧？」

「是……托你的福，我得以從各種不同的角度，從內到外把艾菲爾鐵塔好好欣賞了個夠。雖說可以的話，我其實想參觀更多名勝古蹟。」

話實在不投機，感覺就像一拳打在棉花上——無論我說什麼，這個怪盜都不會產生罪惡感吧。

實際上才沒有他說的那麼簡單，不管是來法國以後，還是來法國以前，一直被這個老人玩弄於股掌之間，實在稱不上愉快。彷彿親眼目睹到有人在操縱犯罪——不，不是彷彿，事實正是如此。

倘若桌上不是放著美食，我幾乎想翻桌了——感覺這也在他巧妙的掌握之中，真是氣死人了。

「這一路辛苦你們了。」

矍鑠伯爵不但不跟這樣的我逞口舌之快，還說著感謝我——以及對今日子小姐的慰勉之詞。

「接下來就由我……矍鑠伯爵來處理後續。請放心，我打從一開始就沒有要讓你那位可靠的偵探小姐淪為罪犯的意思。因為我可是個尊重女性的紳士。我對忘卻偵探的期待，就只是她的智慧而已。至於實際去弄髒雙手、染指犯罪，則是我的工作。」

「……還真是漁翁得利哪。」

一共有兩道主菜，第一道是魚。我一面享用淋上色澤獨特醬汁的香煎比目魚，一面這麼說。看著送到面前的餐點，感覺自己好像說了些意味深長的譬喻，但實際上心裡卻實在不是滋味。

他都說打從一開始就沒有要讓今日子小姐染指犯罪的意思了，我應該感謝他，為這樣的結果感到高興才對，但我卻無論如何都高興不起來。

讓人貢獻智慧，自己坐收漁翁之利——這哪裡紳士了，臉皮再厚也該有個限度。

「你不覺得羞恥嗎？讓今日子小姐為你東奔西跑，甚至還欺騙了她，卻在最關鍵的時刻搶走她的功勞。」

「這有什麼好羞恥的。因為我可是怪盜哪。紳士歸紳士，但我仍舊是怪盜紳士。只要是我想要的東西，不管是艾菲爾鐵塔……」

矍鑠伯爵大言不慚地說。

「還是智慧——我都要偷到手。」

6

法國菜可說是站在美食的頂端，用餐如果還要吹毛求疵、還要雞蛋裡挑骨頭的話，若要吃完整頓飯，無非得花上一段時間——我這才發現，從自己恢復中斷的意識開始用餐，居然已經過了將近兩個小時。

可是，如同矍鑠伯爵所言，感覺完全沒有人要來救我——即便餐桌上出現了日本人不怎麼熟悉的兔肉派，救兵也不曾出現。餐廳的員工們也始終保持專業，不管包場的客人說了些什麼，還是客人的客人正遇到什麼現在進行式的詐欺，都徹底地採取漠不關心的態度。可想而知，巴黎警方當然也沒有衝進來救援。

今日子小姐換好衣服，走出試穿室，想必會發現我不見了，但也不覺得她會立刻報警——又不是小朋友迷路。今日子小姐跟我不一樣，並未抱著危機意識在行動。

更何況，此時此刻的今日子小姐認定自己是怪盜，即使直覺告訴她，我的下落不明並非出於自願，大概也不會想到要去找警察幫忙。

因此我必須靠自己的力量改變這個狀況才行——然而事實上，也由不得我這樣鑽牛角尖。

我現在能做的，就只是當隻傳信鴿——說得更明確一點，就像是安插在今日子小姐身邊的間諜回到本部一般，向矍鑠伯爵報告從她口中聽到，如何偷走艾菲爾鐵塔的點子。

就算我打定主意，死都不開口，表現出強硬的態度，要殺要剮悉聽尊便，也沒有任何意義，只會造成反效果。該怎麼說呢，縱使我把男子氣概發揮到淋漓盡致，矍鑠伯爵也不痛不癢吧——不僅如此，可能還會讓今日子小姐暴露在危險中。

要是我堅不吐實，矍鑠伯爵可能很快就會一句以「那我找本人問好了」之類的，轉而找上今日子小姐逼問。

盡可能避免與名偵探多次接觸——大概是矍鑠伯爵的避險之道，但他也沒有非避開不可的理由。

事到如今，由我一五一十地把從今日子小姐口中聽到的作戰策略告訴他，才是當下最好的選擇——要是只有我自身的安全受到威脅，或許還能展示一下我的骨氣，一牽涉到今日子小姐的安全，我就只能乖乖就範。

知道愈多真相，愈是覺得輸得徹底。

若說有什麼值得安慰的，大概只有「今日子小姐到了明天就會忘記」這件事吧……雖然對我而言是畢生難忘的屈辱。

至少我再也沒資格當今日子小姐的助手了——不只是怪盜助手，就連偵探助手，我也不及格。因為我正打破置手紙偵探事務所最大的禁忌，做出絕對不被允許的「洩密」行為，所以再也沒有協助忘卻偵探的資格。

這樣就好了嗎。

像我這種人，只要乖乖當個委託人就好——自以為能成為華生什麼的，夢話還是留在夢裡說就好了。

「做好心理準備了嗎？如果方便，還希望你能在喝餐後的葡萄酒之前告訴我——不過算了，我就趁這時候來選甜點吧。對了，我很推薦這家店的閃電泡芙喔？」

矍鑠伯爵展現出遊刃有餘的態度。我開口問他。

「可以再請教你一件事嗎？」

或許還有更多該問的事，但我累了。

偵探遊戲不適合我。

倘若認清這件事，還有什麼非問不可的話——無非是動機。

「怪盜淑女」——矍鑠伯爵企圖竊取艾菲爾鐵塔的動機。

對我來說，怪盜為什麼要竊取那座地標現在已經不重要了。管他是基於什麼思想，背後有什麼故事，都跟我無關——即便強烈的自暴自棄讓我幾乎按捺不住，可是唯有動機，我非弄清楚不可。

因為這是攸關我將提供矍鑠伯爵的方案選擇——今日子小姐也因此一直很在意「我（『怪盜淑女』）為什麼要偷艾菲爾鐵塔？」這個問題。

話說回來，因為她根本沒想過要行竊，自然不會有答案，是個問題本身就有問題的無限迴圈。但她還是設身處地，配合預設的各種不同動機，思考出了幾種偷竊手法。

網羅推理的應用——反過來說，倘若動機與方法的組合兜不起來，就一點意義也沒有了。

節節敗退的我，為了就此垂頭喪氣地全身而退，只能配合矍鑠伯爵的動機，提供作戰策略。

老實說，我大力推薦的『艾菲爾鐵塔消失大作戰』很可能是個籃外空心的大暴投……我之所以會推薦這個作戰策略，無非是因為犯罪性、事件性都比較低，想當然耳，絕不可能合乎壞人的需要。

我不認為矍鑠伯爵會有那種魔術師特有的「想讓來自世界各地的觀光客大吃一驚」的動機……也不確定他喜不喜歡小孩，但更不覺得他有「想奪回巴黎的景觀」這種念頭。今日子小姐說的沒錯，高層建築又不只有艾菲爾鐵塔，真要說的話，不只是建築物，就連巴黎的風景本身，也早已不是百年前的模樣。

房車穿梭大街小巷，人手一支智慧型手機。

早已不是以前的模樣。

這樣的話，應該提供方案──『分屍大作戰』給他嗎──但無論是亞森‧羅蘋，還是怪人二十面相，透過故事，倒是很容易接受所謂「怪盜」這樣的架空人物為何執著於規模宏大的財寶。可是一旦「怪盜」成為現實，還是活生生的人物坐在面前，感覺就非常不對勁。

而且還不是個小孩。

甚至不是大人，而是一名老人。

很難相信只因為「覺得好玩」或「浪漫」就要盜取世界級的地標……

然而如果是完全不同的動機，事態可能會就此急轉直下。

到時就是大啖法國菜的時候——雖說現在也不是大啖法國菜的時候。

因為我太想推薦方案二了，甚至還打斷今日子小姐原本想做為壓軸的方案三簡報，如今真是致命傷。

方案三的作戰名稱是什麼來著……？不，作戰名稱不是重點。比起作戰名稱，今日子小姐到底是以何種「動機」來思考最後的方案？

事到如今，只能祈禱方案三並非刻意留到最後的壓箱寶，而是為了凸顯另外兩個方案的免洗備案……總之，我懷抱著一絲期待，對矍鑠伯爵提出最後一個問題。

「你為什麼如此執著於艾菲爾鐵塔呢？如果你不告訴我，我什麼都不會說的——因為要是被你拿去做壞事，可就傷腦筋了。」

雖然我不曉得能拿艾菲爾鐵塔去做什麼壞事，但還是加了這個但書。

矍鑠伯爵之所以對我這種非偵探的一般人也能以禮相待，是因為他相信我腦裡有他想要的東西——竊取艾菲爾鐵塔的點子。

他大概做夢也想不到，自己的完美計畫可能會因為我的愚蠢而馬失前蹄。若能讓幕後黑手馬失前蹄，倒也是很痛快——雖然最後要為此吃苦頭的還是我。

因此，為了不讓他察覺我的弱點，我加上這個但書。

「不會拿來做壞事啦。我答應你。小偷要是說謊就完蛋了。」

矍鑠伯爵笑著說。

「……」

我沒有搭腔——兩人無言以對。

「隱館先生，你最喜歡的法國文學家是誰？」

在一陣沉默之後，矍鑠伯爵突然反問我一個毫無脈絡可循的問題。

法國文學家？

呃，我從來沒仔細想過最喜歡的法國文學家是誰……老實說，我根本沒看過幾本翻譯書……這時候，還是要回答莫里斯·盧布朗（Maurice-Marie-Émile Leblanc）比較好嗎？

「不用刻意附和我。也不用執著於推理小說。奇幻小說也好，科幻小說也可以。」

「……那，應該是儒勒·凡爾納吧。」Jules Gabriel Verne

心裡雖然想著「誰要附和你呀」，結果好像還是被他誘導了——不過，這倒也是我的真心之選。

「並不是因為我正在旅行，我本來就很喜歡《環遊世界八十天》。」

「Bien！」

意思似乎是「好極了」——矍鑠伯爵一掌拍在桌上。

「我也是。不過比起《環遊世界八十天》，我更喜歡《海底兩萬里》——你相信嗎？這兩本書的作者居然是同一個人。」

說來，《從地球到月球》、《十五少年漂流記》、《地心探險記》也是儒勒·凡爾納的作品。因為史實就是他寫了這麼多作品，我也不曾多想過，但被這麼一說，的確是難以置信——比起奇幻、比起科幻，更令人驚愕的是他石破天驚的文筆。

身為利用找工作的空檔寫些文字作品的人，只覺得他真是個天才。

「這同樣也可以用來形容艾菲爾。」

艾菲爾？不是艾菲爾鐵塔？

建築師古斯塔夫・艾菲爾？

「從距今百年以上的技術來看，他都是最快……不，即便拿到現代來對照，也無疑是以最快的速度組合出幾乎直達天際的鐵塔，偉大的建築師——古斯塔夫・艾菲爾。然而，他是更在這之上的人物。」

「更在這之上……」

「不應該稱他為人物，應該稱之為人傑才是。」

矍鑠伯爵說得愈來愈起勁，我有些被他的氣勢給懾住了。我只是被逼到絕境，無計可施才提出這個問題，不料他竟如此熱情地回答，熱情到甚至令我感到困惑。

「不只法國，全世界的人都知道艾菲爾鐵塔這個地標。說是人類共有的財產也不為過。你說是吧？」

「啊，嗯……是的。事實上也真的是世界遺產……」

要是胡亂肯定，或是隨便否定，不曉得會對他慷慨激昂的演說造成什麼樣的影響，我只好模稜兩可地回答——如果他真的認為那是人類共有的財產，就應該明白艾菲爾鐵塔不是因為「覺得好玩」或「浪漫」就可以竊取的東西！我雖然很想嚴正地向他指出這點，最後仍是噤若寒蟬。

反正矍鑠伯爵看似也無意徵求我的意見，逕自接著說下去。

「那麼，隱館先生——你知道古斯塔夫・艾菲爾還建築了另一個足以與艾菲爾鐵塔匹敵，或者該說是並稱雙璧的人類共同財產嗎？」

「……？」

足以與艾菲爾鐵塔匹敵……？並稱雙璧的共同財產？

突然這麼問，我也……是與艾菲爾鐵塔同樣登錄有案的世界遺產嗎？那樣倒是很多……可是先把歷史和情懷擱一邊，要與艾菲爾鐵塔具有同樣的知名度，而且還是世界遺產，答案就很有限了。

再加上人工建築物這個條件……就只剩下那個了吧。可以斬釘截鐵地斷言。可是，是真的嗎？就某個角度來說，那形狀也的確算是「直達天際的高塔」，而且說是都市本身的象徵、國家本身的象徵也不為過……然而還是有點難以置信。

如果這是真的，的確是繼知道「《環遊世界八十天》與《海底兩萬里》的作者是同一個人」以來的最大衝擊。

「自由女神——是嗎？」

「Bien！」

矍鑠伯爵滿面喜色地點點頭。

「矗立在美利堅合眾國，紐約灣內的自由島上，全世界最有名的女神。沒有人不知道它的存在吧。」

「……」

如此基本的國際常識，要我解說也只能說甚感戒慎恐懼——如果說艾菲爾鐵塔是法蘭西共和國的象徵，自由女神像甚至可以稱得上是代表美利堅合眾國本身，是極具象徵性的建築物。

根據我在國高中生時，從地理或世界史課堂上學到的不可靠記憶，自由女神像好像是由法國送給美國，紀念美國獨立一百週年的禮物……這段故事應該算是大家都知道的常識，卻萬萬沒想到艾菲爾鐵塔和自由女神像居然會是同一位作者的「作品」。

「順便告訴你吧。艾菲爾鐵塔落成的那一年，在法美國人還將設計得一模一樣的自由女神像致贈給法蘭西共和國。後來就設置在艾菲爾鐵塔附近，你去看過了嗎？」

沒去看過。

我帶來的祕密武器——旅遊指南裡並沒有記載這個景點。不過，就算有自由女神像，我或許也不會注意到吧。雖說設計得一模一樣，應該只是形狀相似，尺寸鐵定不同的。

這麼說來，如果找到適當的觀測位置，或許能夠同時看到艾菲爾鐵塔與自由女神像嗎——本以為無論是做為高塔、做為建築而言，世上都沒有能與艾菲爾鐵塔比肩的作品，沒想到竟是由同一位建築師建造出足以與其匹敵、與其並稱雙璧的地標。

國家的象徵。無庸置疑。

狀況實在太過特殊，以至於很難提出恰當的比喻，若要以日本為例，就像是「京都的金閣寺與奈良的大佛其實出自同一位作者之手」那樣嗎？

「的確不是很恰當的比喻呢。」

矍鑠伯爵苦笑著說。

「要我說的話，就像札幌電視塔與名古屋電視塔是由同一個人設計的，所以兩者才會像是用同一個模子印出來的哪。」

這我倒是好像知道。

雖然我兩者都沒看過……不過因為兩者很相似，聽聞是設計出自於同一個人之時，倒是一下子就能理解接受，心想原來如此——可是聽到艾菲爾鐵塔與自由女神像的作者是同一個人時，我現在之所以會有種奇妙的感覺，或說得更清楚一些，似乎在我心中造成了認知不協調的原因，則是因為兩者的形象截然不同，天差地別差太多了。

建造艾菲爾鐵塔，又建造了自由女神像……這已經是用「天才」也不足以形容，完全是另一個次元的創造力了吧。

與其說是創作，更接近藝術的境界。

「你能夠理解，我真是太高興了，隱館先生。還請容我代替艾菲爾向你致謝。」

矍鑠伯爵說話實在誇張，對我來說，要說出什麼「代替艾菲爾致謝」簡直是難以啟口——只能說不愧是怪盜，說起話來一點也不害臊。

話是這麼說，看來這個老人對艾菲爾倒也不是毫無敬意——倒不如說他對艾菲爾有著非比尋常的執著。

正因為如此。

「且容我進一步說明的話，自由女神像建於一八八六年，正好是艾菲爾鐵塔落成的三年前。自由女神像是紀念美國獨立一百週年的作品，艾菲爾鐵塔則是紀念法國革命一百週年的作品——時隔三年的兩大建築作品。你不覺得很美嗎？」

「……就因為這樣嗎？」

「什麼？」

「就因為這樣，你才想盜取艾菲爾鐵塔嗎？難道你想蒐集艾菲爾的作品嗎？那麼等你偷走艾菲爾鐵塔，接下來難不成打算盜取自由女神嗎？」

這麼一來可真是魔術師才會做的事了。

「這個嘛，也不能說我不想要自由女神像，不過，我的目標終究只是艾菲爾鐵塔——冠上艾菲爾姓氏為名的鋼鐵刺繡。」

「……」

原來跟對建築物本身一樣，矍鑠伯爵對建築師本人也有特別的執著，才想要偷走艾菲爾鐵塔。雖然是有點不照牌理出牌的變化球，總之把「想要得到艾菲爾鐵塔」當成行竊動機應該沒錯。

那麼方案一『分屍大作戰』似乎是最適合提供給他的點子——並非一口氣偷走艾菲爾鐵塔，而是一點一點分解成零件，並以山寨品取代的偷法。

如同在那次簡報（腦力激盪）中討論過的，此舉曠日費時到令人傻眼的地步，依照常理思考，姑且不論現實性，是個實現性很低的方案。但如果是跨越國境也能將我玩弄於股掌之上的矍鑠伯爵，以他的執著或許能讓這個創意有好的發展。

雖然不是滿分解答，但是把思考都丟給別人，還要求迅速確實才有毛病吧——站在我的立場，倒是希望矍鑠伯爵最好能夠不幸失風被逮捕。

甜點也吃完了，再過不久就是起司和葡萄酒上桌的時間，看樣子雖然不能說什麼都沒發生，但我似乎能平安返國了……

愧疚感支配了我的全身，但總算稍微鬆了一口氣。

「那麼偉大的建築師……」

矍鑠伯爵又再說下去——語氣聽來倍加熱切，彷彿接下來才是正題。

「卻沒有受到應有的評價，我實在看不下去。」

「……？沒有受到應有的評價？是指……沒什麼人知道艾菲爾鐵塔與自由女神像的作者是同一個人嗎？」

等等，應該只是我才疏學淺不知道，知道的人應該都知道吧？

我帶來的旅遊指南雖然沒寫，那是因為這樣的工具書原本就是只用來介紹法國，又或者是受限於隨身攜帶的小冊子篇幅有限。如果是建築主題的厚重磚頭書，說不定是在前言就會提到的基本知識……

「問題不在那裡。作者留名，不如作品留傳百世——這當然也是一種藝術型態。然而，要套用在自由女神像上就算了，若是套用在艾菲爾鐵塔，我認為就是無法漠視的謬誤了。」

矍鑠伯爵說個不停。明明是以日文對話，我聽起來卻像是不知所謂的外星文，使得聽他說話逐漸變成一件苦差事——他到底想表達什麼？

「你帶來的旅遊指南裡應該也是這麼寫的吧？艾菲爾鐵塔當初預定活動結束之後就要立即拆除，不料竟扮演起無線塔台的角色，在做為軍事設施維持運作後，成了發射電視廣播電波的電波塔——也就是『存在目的是後來才被賦予的』的一種假說。」

「……嗯，啊。書上是這樣寫的沒錯……」

這也是我看了旅遊指南才知道的事……只是，我對他口中的「假說」有些在意。

那不是擺在眼前的明確史實嗎？

艾菲爾鐵塔落成時，別說是無線通訊技術了，就連需要無線通訊技術的戰爭也還沒發生……對一般普羅大眾而言，電波成為如此切身的存在，也是最近的事。

受到科技進步的眷顧，受到幸運女神的青睞，艾菲爾鐵塔才能不受到破壞地繼續存在於巴黎，日後甚至成為法國的象徵。雖說是命運的捉弄，卻也讓人感受到人類進步的這個故事——矍鑠伯爵想要對此提出異議嗎？

「沒錯。以故事來說，的確蔚為美談，並不難理解這種故事比較容易打動人心，可是，你不覺得這一切都太巧了嗎？原本沒有明確目的就興建的高塔，後來卻背負起始料未及的重大任務，至今仍然君臨法國。舉例來說，就像偶然間來法國旅行的你，卻在機場巧遇有過數面之緣的名偵探，不覺得太過巧合嗎？」

「……」

既不是命運安排，也不是機緣巧合。

他的意思是說，有個編劇在背後主導這一切嗎？

可是，這麼說，如此一來——

「換個角度來說好了，就連天才都不足以形容的偉大建築家所設計，以其名為名的巨大鐵塔。有可能是在之後才『恰巧身負重任』又『恰巧保留下來』的嗎？相較之下，你不覺得比較可能是建築師——同時也是藝術家本人，早就精準預測到那樣的未來嗎？」

如此一來——

如此一來，論點就逆轉了。

而且這一轉也轉得太大了。

幾乎是已經轉到另一側去看世界——雖說從日本來看，這裡的確是世界的另一側。

是因為艾菲爾鐵塔至今仍屹立不搖，才讓艾菲爾的名聲得以如此響亮，但是反過來就說不通了——萬一按照預定，在萬國博覽會結束後拆除艾菲爾鐵塔，戰神公園裡沒有塔腳座落，自然沒有設置他胸像的空間。沒有鐵塔自然也沒有展示他蠟像的塔頂，後世也不會知道他有多麼古怪。

……然而，如果是那樣，巴黎或許也不會是現在的樣子。或許會林立著類似蒙帕納斯大樓那樣的摩天大樓，變成叢林之都，而不是花都。

當然那也不是一件壞事——都市叢林也有都市叢林的優點，不能一杆子打翻一船人。

只是——

正因為當年被視為破壞巴黎景觀的艾菲爾鐵塔一直存留至今，才得以形成巴黎今時今日的風景，這也是不爭的事實——包括在戰時做為無線塔台，為保護巴黎免於戰爭破壞而做出的貢獻。

難道瞿鑠伯爵要說，建築師古斯塔夫．艾菲爾是把這些事全部考慮了進去，才建造了艾菲爾鐵塔嗎？

「畢竟我也沒有任何證據，所以無法斷言。不過，反正我又不是偵探，提出假說不需要任何證據吧。」

硬要說的話，從艾菲爾鐵塔觀景台看出去，那三百六十度美不勝收的風景就是證據——矍鑠伯爵說。

「比起美麗的故事，我更看重美麗的景色。正因為如此，才會打從心底想要得到它。打從心底想要偷走它。」

「艾菲爾鐵塔嗎？」

「不。是建築師寄託在艾菲爾鐵塔上的思想。是編織在鋼鐵刺繡裡的未來。是人類與世界即將面對的未來。」

我要偷的是思想——怪盜紳士如此預告其犯行。

我話都說不出來了。

說得明白一點，眼前老人所傾訴的「假說」已經不是欠缺可信度而已，幾乎是超自然現象了，若非處於這種狀況，我才不會理他——不過，問題是現在就是處於這種狀況，而且更傷腦筋的是，我其實完全無法提出回應這種「動機」的方案。

今日子小姐以怪盜的身分提出的方案一「分屍大作戰」也好、方案二「艾菲爾鐵塔消失大作戰」也罷，統統派不上用場——就連要修改來應用都不可能。因為矍鑠伯爵要的既不是鐵塔本身，也不是期待鐵塔消失的效果。

他要的是艾菲爾鐵塔的設計理念。

因為沒有思想——才想要得到思想。

簡而言之，原理就和企圖竊取今日子小姐的智慧是一樣的——沒想到矍鑠伯爵原來是專攻智慧財產的怪盜，真令人錯愕。

於是乎，等於是「要拆了當年沒被拆掉的艾菲爾鐵塔」的方案一，以及「從艾菲爾鐵塔所保護的現今巴黎風景裡除去其存在」的方案二，顯然都不會是他要的方案。

這下子真的走投無路了。

唉，早知如此，當初就不該打斷今日子小姐的簡報，要是肯聽到最後，就不會發生這種事了……

正當我感到後悔莫及之時。

「我明白了。如果這就是您的需求，要不要聽聽我的方案三『一人兩角第三大作戰』呢？倘若您想偷走艾菲爾鐵塔的動機是『想知道建築師的思想』，我想這個方案肯定很適合您的。」

像是推薦一瓶適合在美味晚餐後飲用的葡萄酒一般，有人這麼說。

不知何時站在桌邊的侍酒師──其實不是侍酒師。

穿著打扮的確是侍酒師的造型，但即使在昏暗的室內，依舊閃亮美麗的那頭白髮──我熟悉的白髮。

矍鑠伯爵回頭，與其視線相接。

「初次見面，我是偵探，名叫掟上今日子。」

她微笑著報上姓名。

報上偵探的姓名。

7

矍鑠伯爵立即重整態勢，報以一笑，佯裝冷靜地開口問。

「你是怎麼知道這裡的？」

然而臉上困惑依舊顯而易見——這也難怪。

光是「今日子小姐怎麼會出現在這裡」就已經夠令人驚訝的了，更何況她還知道自己不是怪盜而是偵探——這點對於既是委託人也是真兇的矍鑠伯爵來說，是絕對不可以發生的事，也是絕對不可能發生的事。

連我也嚇了一跳。沒有整個人翻過去摔下椅子實在不可思議——另一方面，腦中則掠過「侍酒師的打扮好適合今日子小姐」之類無關緊要的感想。

今日子小姐看著我們的反應似乎很滿意。

「用了跟您同樣的方法呢，矍鑠伯爵。我請精品店的店員幫了一下忙。不過，我並不是用鈔票買通對方，只是誠心誠意地拜託對方。我可不會做出付錢給僱來的人這種不風雅的事。」

慢著，付錢給僱來的人才不是什麼不風雅的事，是天經地義的事吧——精品店的店員？

那家精品店的店員？

這麼說來，她在挑衣服的時候，似乎曾和店員們用法文聊什麼聊得很起勁——是那個時候嗎？

難不成今日子小姐拜託店員們，在她進入試穿室後監視落單的我嗎——這麼說來，我的確感覺自己被一直盯著看。原來那不是因為覺得我是變態才盯著我嗎……而根據店員們的目擊證詞，今日子小姐察覺我被綁架的事實，追到這家餐廳嗎？

然後又喬裝成餐廳的員工——侍酒師——偷聽我和矍鑠伯爵的談話。

為了搞清楚始終令她耿耿於懷，所謂「怪盜的動機」……不，等等，大方向應該是這樣沒錯，但還有幾個難以理解的地方。

我的思考完全跟不上最快偵探的行動原理——對了，今日子小姐是怎麼發現自己並非怪盜而是偵探的？雖然不知道她是從何時開始偷聽的，但看來似乎不是從我跟矍鑠伯爵的對話中才得知自己的職業。

今日子小姐嫣然一笑。我的混亂似乎讓她很愉快。

「我打從一開始就知道自己是偵探了——我還不至於這麼說啦，您大可放心，矍鑠伯爵。直到進入試穿室以前，我可是完全掉進您的陷阱裡呢。」

以平靜的語氣對老人說。

以平靜的語氣輕快地說。

「我之所以請和我變成好友的店員監視厄介先生，不過是為了慎重起見——因為在露天咖啡座，葡萄酒打翻在我身上的時間實在掐得太精準了些。不禁讓我懷疑，或許有人想把我和厄介先生分開——只不過，那時還是身為怪盜的思考邏輯，以為那位服務生或許是巴黎警方派來的臥底。」

「……那麼，你是在試穿室裡發現自己的真實身分嗎？掟上小姐。」

瞿鑠伯爵總算提出了問題，今日子小姐應了一聲「Oui（是的）」——用發音完美的法文。

咦？在試穿室裡？那也太奇怪了。

那間試穿室，我早在店員的注視下（原來那時他們就已經受到今日子小姐的「請託」）翻來覆去地檢查過了。

不僅沒有任何會擄走今日子小姐的機關，應該也沒有足以讓今日子小姐察覺自己真實身分的提示。雖說是等級極高的高級精品店，但試穿室裡也頂多只有鏡子和掛衣架的鉤子，就是個平凡的試穿室……不，慢著。

試穿室本身的確並沒有任何不妥之處，可是回想起來，聆聽今日子小姐在裡面換衣服的聲音時，倒是有一瞬間讓我覺得不太對勁。

正確地說，就是布料磨擦的聲音很不自然地暫停下來的那一瞬間——從脫下染上葡萄酒漬的衣服，到穿上她挑選的燕尾服之間，其實有一段不算短的空白時間。

最快的偵探不應該出現的空白時間。

當時，僅穿著內衣的今日子小姐是想到什麼了嗎？

半裸狀態的今日子小姐，自然會從鏡子裡看見左手臂上的個人檔案——

「……是因為你看到自己倒映在鏡子裡的左手臂、看到上面寫的備忘錄，所以聯想到什麼了嗎？」

矍鑠伯爵試探地說。

「看到映在鏡子裡左右相反的備忘錄，雖然沒有根據，卻憑直覺猜想到『說不定自己不是怪盜，而是與怪盜相反的偵探』嗎？」

如果是瞎貓碰上死耗子，自己根本不痛不癢，也沒什麼好不甘心的——矍鑠伯爵的發言聽起來像是在逞強，卻也相當挑釁。

「倒也不是完全沒有憑直覺。」

對此，今日子小姐則是一副雲淡風輕。

「不過，基本上還是您的失策呢，矍鑠伯爵。暫且不論右手臂上的預告信，我的確先注意到了左手臂的備忘錄是遭人偽造的。」

「……」

聽到這裡，矍鑠伯爵閉口不語。

他恐怕跟我——跟我這種程度的人——正在想著同樣的事。

這也難怪，無論筆跡模仿得再怎麼神似，畢竟還是他人寫的字，不可能一模一樣——事實上，就被我發現上頭有兩個字是由第三者偽造的。

但那畢竟是由於我原本就知道今日子小姐寫在手臂上的內容，一旦和平常的頭銜正好相反，抱持懷疑的態度去看，才看出了其中細微的差異。

假設矍鑠伯爵是模仿今日子小姐的筆跡寫下「偵探」兩字，或許我就會相信那是今日子小姐的筆跡，完全不疑有他，照單全收。

對備忘錄深信不疑的今日子小姐，究竟是如何擺脫這種信賴——該說是某種洗腦——的控制呢？

她說是因為看到映在鏡子裡的文字——

「還不明白嗎？因為反過來了呀。」

今日子小姐挽起袖子這麼說。

寫在手臂上的「怪盜」被打了個叉，旁邊補上了「偵探」兩字，還用特地畫了個圓圈圈起來。

「我是掟上今日子。~~怪盜~~。偵探。
記憶每天都會重置。」

「都來到了藝術之都，實在輪不到我來班門弄斧——繪畫這種東西，翻轉過來會呈現截然不同的樣貌。文字也不例外——的確，您或許巧妙模仿了我的筆跡，但儘管是那麼神似的文字，翻轉過來，就會浮現明顯的差異。」

啊！鬘鑠伯爵終於毫不掩飾，面露震驚——夾雜著後悔的震驚。

何只是會痛會癢。

簡直是令人悔不當初的重大失策。

原因無他，雖說是為了把我綁走，但是設局把今日子小姐弄進試穿室裡的不是別人，正是鬘鑠伯爵本人。

沒錯。

我曾聽擔任漫畫雜誌總編輯的紺藤先生說過——要評價畫技的高低，只要把原稿用紙翻過來透光看，就能知道真正的實力。如果翻過來看，也就是在左右相反的狀態下看起來沒有奇怪之處，就算是完成度高的原稿——怎麼說，與其說是藝術，更像是專業人士的技術，或者是技師的技術吧。但是反過來說，或許是從反面看的時候，可以排除大腦的自動修正吧。

更能客觀檢視。

就算是自己畫的圖，或者是自己寫的字，也能客觀檢視——結果，使得今日子小姐察覺出「怪盜」兩字並非出自於自己的手筆。

可是，那麼昨晚在飯店的浴室裡，不是就能注意到了嗎——嗯，可能還是不行吧。浴室裡的鏡子很容易起霧，布滿水滴，反射率明顯不足，無法判別文字細微的歪斜。

更何況，就算是自己的註冊商標，今日子小姐在洗澡時還是會摘下眼鏡吧。要在鏡子前一絲不掛，卻仍然戴著足以辨認文字的眼鏡，這種情境只有在試穿室才有可能出現。

然而，要事先預測到這種地步根本是強人所難，要說這是他犯下的錯也實在是欲加之罪，只是以結果來說，確實是成了致命的一擊，對矍鑠伯爵而言，肯定是後悔不迭的失誤吧。

「至於我之所以會做出『自己既然不是怪盜，那麼會不會是偵探呢』的推理，的確如您所說，是看到映在鏡子裡翻轉過來的文字，才想到是否正好相反。畢竟這裡是地球另一面，唯獨這個部分是用猜，真不好意思。」

與其說是在挖苦，或許更像是想給個安慰吧。被偵探這麼一說，怪盜報以苦澀表情，低聲說道。

「這是在法國糟蹋葡萄酒的懲罰吧。」
「沒錯。無疑也是在巴黎糟蹋衣服的懲罰。」
這兩件事的確有失紳士風範。

8

「想必你已經通報巴黎警方了吧？」
「當然。這可是善良市民——雖然我不是市民，但身為深愛巴黎的善良觀光客，這也是應盡的義務。而且您在飯店的房間裡迷暈我、綁架厄介先生的事實，都是無從狡辯的犯罪行為。」
今日子小姐這麼說——看似一副置身事外的樣子。
實際上，巧扮成侍酒師的她雖然一直站在我們身邊，但在表明正身之前，的確完全沒有介入其中。
「我也對這間法式餐廳的員工們說明了來龍去脈。他們讓您包了場，卻沒有連道德觀一起送上。將您的真面目告訴大家之後，也二話不說地把侍酒師的制服借給我。每個人的態度都非常合作。」

「……你想說，我完全被包圍了嗎？」

「倒也不是。很遺憾的，將委託人的利益擺在第一位考量，也是偵探當仁不讓的義務。」

今日子小姐如是說——這番回應則讓矍鑠伯爵一臉詫異。

「單就方才站在一旁恭聽兩位對話的內容，看來您其實並沒有寄出犯罪預告給巴黎警方哪。」

今日子小姐不理會伯爵的反應，一貫泰然地接著說。

「想想也是，要做為委託人將我叫來巴黎，只需要給一句『已經寄出預告信』這樣的謊言就夠了。因此，雖然我並不清楚您是否另有其他罪行或前科，但我也沒有滿懷的正義感要向您問個明白。只要能夠阻止眼前的犯罪發生，我也別無所求。」

「……你是要給我時間逃亡嗎？」

「這個嘛，很難說呢。話說回來，應該也沒什麼逃不逃亡的，真人不說假話，您可是一位有辦法斡旋公務機關，讓沒有護照的我來到國外旅行的大人物，我完全不認為法律有能耐制裁您——不過若有必要，我也不惜與您為敵就是了。」

今日子小姐的口吻既像是在尋求妥協，卻又像是在期待一戰。

「……」

模稜兩可的說詞，讓矍鑠伯爵默不作聲，看似陷入沉思。

「起碼在最後，要是您能恰如紳士本分，現在立刻將自己的座位讓給我坐下，或許我也不是不能考慮……讓整件事就這麼平靜落幕？」

「……你只要這個位子嗎？」

「是的。雖無法奉還至今已在旅途之中花費的訂金，但事成酬勞只要讓出您的座位便已足夠。畢竟我可是職業偵探——基於職業操守內規，不能收受贓物或惡棍的髒錢。」

聽完這番話中有話的說詞，矍鑠伯爵聳了聳肩，慢條斯理地站起身——

把空下的椅子拉開，畢恭畢敬地讓給在一旁站了半天的今日子小姐。

「Merci beaucoup.」

眼見今日子小姐優雅地坐下，怪盜便靜靜轉身——但在離去之前，卻又突然停下了腳步。

「說來，能告訴我方案三『一人兩角第三大作戰』究竟是什麼嗎？」

矍鑠伯爵沒有回頭，就這麼背對著我們問道。

「由於接下來我得離開這個國家，同時也得離開日本走避他方，所以如今已經沒有意願竊取你的智慧。但是可以的話，能否請你基於敬老精神，將你的想法告訴我呢？」

「當然可以。畢竟您老人家都把這麼好的位子讓給我了。」

也許矍鑠伯爵原本沒有指望能得到回應吧……不過今日子小姐卻展現出不知是如何塞進她那苗條身材裡的寬大心胸。

坐在我對面是那麼好的位子嗎——還是隔著我能看到什麼嗎？這間餐廳的所有窗戶都拉上了厚厚的窗簾，景觀可能不怎麼樣。

「反正這份智慧財產也不可能拿來作惡，我倒認為像你這種犯罪者，才是更該好好聽一聽呢。」

雖然覺得讓老人站著聽講不太好，但就算不是怪盜也還是一位淑女的今日子小姐——同時也是最快偵探的今日子小姐，想必會長話短說吧。

只見她直接了當，輕快切入從某種意義上而言，可視為這趟法國之旅的主菜——最為核心的關鍵之處。

「雖然之前我說這是方案三，不過由於方才偷聽……喔，不好意思，是旁聽了兩位說話，得知矍鑠伯爵您對古斯塔夫．艾菲爾的詮釋——也就是認為那位建築師『預見了遙遠未來』的假說——乃是我未曾想到的見解。因此，我打算配合您這個假說，對原本的方案做一點點調整。」

「請隨意。」

矍鑠伯爵還是背對著我們應道。

「您要偷的不是艾菲爾鐵塔——而是蘊藏在其中的思想，那麼便不需要盜取鐵塔本身。只要接受隨身物品檢查，按照規定支付入場費用，跟著大家排隊，參觀內部——再不然也只要走到公園外圍，從遠處眺望就能達到目的了。身為怪盜，作風真是秀逸呢。不依附物質，而是從靈魂之中找出價值，這點實在充滿了藝術性。」

偷竊終究是一門藝術哪——今日子小姐接著說道。

雖說不再自認怪盜，但她顯然並沒有失去對怪盜的偏愛。

「同樣地，藝術也是一種偷竊。由花都巴黎所孕育，世界首屈一指畫家帕布羅．畢卡索曾說『外行人只懂模仿，天才則善於偷取』——早已去世的艾菲爾先生肯定也會樂見自己的思想在百年後的世界仍持續擴散吧。話說回來，矍鑠伯爵您方才提出了『這位艾菲爾先生同時也創造了矗立於紐約的自由女神』做為立論根據，既然能想到這一點，其實距離他的思想——設計理念就只差一步了。說是一人分飾兩角也不為過的艾菲爾先生，在他那三頭六臂的活躍背後，究竟有著什麼樣的含意？」

今日子小姐說話緊似連珠砲，但絕不是自顧自地說個不停，而是用宛如歌唱般富有抑揚頓挫，悅耳動聽的語調道來。該說她講來一氣呵成，或說感覺中間似乎真的沒有換氣。

「所以呢，他的設計理念是……？」

也許是做為一名紳士，不願讓人覺得自己貪心性急，矍鑠伯爵搭腔的語調則顯得過於徐緩，和今日子小姐成了對比。

「自由女神——顧名思義，乃是揭示『自由』這個主題的作品。世上沒有任何其他的雕像，會比自由女神更適合做為自由的國度——美利堅合眾國的象徵。」

今日子小姐說著，高高舉起了右手。

正想她這是幹嘛——不過答案很簡單，似乎只是擺出自由女神的姿勢。

「而在數年之後才建造的艾菲爾鐵塔，則是為了萬國博覽會所興建的高塔——可說是『友誼』的象徵吧。據說當時是以紅色做為主色，如今到了夜晚也會點燈打上火紅的燈光。」

後來也曾經塗上各種不同的色彩，但如果照你所說，這是因為艾菲爾已經預見未來——今日子小姐這麼說，可是我不懂她想說什麼。

就算當時以紅色為主色，至今也仍被燈光照得火紅，又能代表什麼？

的確，我是聽說過東京鐵塔之所以漆成紅色，是因為必須遵守航空法規定的緣故……但現在討論的是艾菲爾鐵塔，既然是不同國家的建築，法律規定應該也不相同……一開始會以紅色為主色，應該只是因為防鏽塗料即為那種顏色罷了……

友誼的象徵？

宛如美利堅合眾國是自由的國度一般，法蘭西共和國是愛的國度嗎——不，不對，不只是那樣。

紅色（ROUGE）。還有——藍色（BLEU）。

這則小知識在旅遊指南的前言裡就有了——根本用不著像推理小說那樣埋伏筆——法蘭西共和國的國旗，是任誰都知道的三色旗。

紅、白、藍（ROUGE BLANC BLEU）。

紅色象徵博愛——藍色象徵自由。

那夾在中間的白色呢？

「白色象徵平等。」

今日子小姐指著自己的白髮說道。

「將『博愛』與『自由』分別配置在位於世界兩端的歐洲與美洲大陸，藉此把地球平等地擁在懷中。艾菲爾先生設計出了這樣的未來。絕非是言語之塔，而是平等之塔。因為平等，所以鐵塔並不高——但也不低。蓋在自由與博愛之間，任誰都偷不走的塔。」

——這樣的「寶物」如何呢？

今日子小姐以半開玩笑的明快口吻，做出結論。

畢竟這是在她相信「自己是怪盜」的時候想出來的說詞，所以也實在稱不上是「解謎」，甚至連「假說」都說不上，只是純粹追求著獨自美學，或應該說僅僅是一種針對「思想」的詮釋——然而，也正因為如此，似乎打動了由始至終背對著我們的怪盜。

「藉由建造自由之塔與博愛之塔，將其間的空白設計成了平等之塔……這樣嗎？可是在經過百年以上、高樓林立的今天，不夠高的鐵塔早已難說是魏然聳立。雖然不是《環遊世界八十天》的故事世界，但現實世界卻也變得愈來愈狹隘了。」

「是嗎？不好意思，畢竟我是忘卻偵探，對於近年的世界情勢實在不太了解——可是，既然您提到的偉大建築師這麼預測，有朝一日應該能得以實現這般未來吧？。」

聽到今日子小姐毫無責任感的附和，矍鑠伯爵終於回過頭來。

老人給人的感覺很是模糊，無論從哪個角度來看，都不會留下印象——然而，唯有此刻浮現在他臉上的表情，宛如烙印一般留在我的記憶裡。

「……掟上小姐，剛才我對隱館先生說，自己其實一無所知——但其實那並非事實，真相是我其實知道你的過去也說不定喔？要是如此，你難道不想聽我說說嗎？」

我至今仍不明白他這麼說究竟是何居心。是想藉此還以顏色嗎？還是身為紳士，收到幾乎是免費送上門的第三方案，不得不來個回禮嗎？

不過，無論是其實還是事實，實際上最重要的是接受委託當時，處於不折不扣偵探模式的今日子小姐是否曾經相信他——倘若其暗示「自己知道今日子小姐過去」的發言只是虛張聲勢，難保不會被她識破。

即便是虛張聲勢，或許又因為其中帶有些許的真實性，今日子小姐才無法不為所動吧？才會讓她不惜違反置手紙偵探事務所的守則，親自跑一趟法國吧？又或許是委託內容之中帶有某些足以採信，甚至是讓她不得不相信的線索——無論實際如何，結果今日子小姐是這麼回答。

「就算聽了，反正也會忘記麼。」

「……」

「您這位委託人是怎麼委託『昨天的我』——已經完全被我遺留在忘卻的彼岸了——我恐怕真的只是想來法國買買東西吧。在此之外，如果還有幸與帥氣的男士一起品嘗美味的葡萄酒，就更好不過了。」

再也沒有人比我自己對於我的過去更不感興趣——忘卻偵探這麼說著，結束了與怪盜紳士的對話，喜形於色，逕自看起酒單來。

9

「在你忘掉一切之前，我想再請教一下……今日子小姐，你告訴矍鑠伯爵的方案三是講真的嗎？那個『一人兩角第三大作戰』……」

「畢竟是已經去世近百年的人，老實說，要說他怎麼想都可以，但卻也怎麼都說不準。聽說艾菲爾的確曾在簡報鐵塔的實用性之時，提出了將來可以運用於軍事上的計畫，但那似乎只是做個樣子，並不是認真的……至於我，倒是怎樣也不覺得在艾菲爾鐵塔的設計理念裡，會包括做為無線塔或電波塔的任務——說點殘酷的現實，艾菲爾鐵塔的設計本身其實並非艾菲爾所構思，而是來自服務於他擔任負責人的公司員工提案，就連自由女神像也絕不是艾菲爾自己想怎麼蓋就怎麼蓋。艾菲爾公司只負責雕像的結構部分，女神像的部分則是巴特勒迪（註：弗里德利．奧古斯特．巴特勒迪 Frédéric Auguste Bartholdi，法國雕塑家）的作品。」

矍鑠伯爵離開昏暗的餐廳，只剩我和今日子小姐獨處。

面對我小心翼翼的提問，今日子小姐邊喝著第三杯葡萄酒，一臉若無其事地笑了。

臉上不見一絲醉意。

「當然，矍鑠伯爵應該是非常清楚這一切才那麼說，畢竟艾菲爾的作品裡，不乏給人們生活帶來便利的橋梁，身為技師的他，也從事過許許多多與在地息息相關的工作。我是比較喜歡『沒打算做什麼用而建造的鐵塔，後來在因緣際會之下發揮作用』的故事。太過巧合又有什麼關係。艾菲爾鐵定是傾畢生之力，甚至不惜住進塔頂，都要致力於保存那座塔——我想尊重他這樣的藝術性。比起偉人，我更喜歡怪人。話說原本我想出的方案三『一人兩角第三大作戰』，就是想繼承興建自由女神與艾菲爾鐵塔的艾菲爾遺志，建立起第三座塔呀。」

套入矍鑠伯爵的假說，就成了對照國旗色彩來表達平等意志，略帶有思想性的推敲……雖然做為詮釋或假說而言，兩者都是非常有趣的發想，但像這樣將一切謎團都解開之後，多少感覺被唬弄了一場。

無論如何，都只是精神層面的解釋。

做為「企圖偷走全長超過三百公尺的鐵塔」這個理應規模浩大的故事結局，感覺就像是被搪塞了一句「真正的幸福其實就在日常之中」這種根據編劇守則寫下的訓詞草草作結。

現實就是這麼一回事吧。

從法律觀點看來，瞿鑠伯爵的行徑就只是「智慧財產詐騙」這等罪名，絕對無法成為「風流快活的怪盜基於獨善美學帥氣行竊」的傳奇——而話說回來，現實世界裡原本就沒有什麼怪盜。

「哎呀，怎麼啦，我讓你失望了嗎？承蒙瞿鑠伯爵把位子讓給我，我卻無法讓厄介先生怦然心動嗎？」

「啊，不，沒這回事……我只是覺得……要盜取艾菲爾鐵塔果然是不可能的難題呢。」

「是難題沒錯，但並不是不可能喔！」

不相信的話，請你拉開窗簾，看看外面吧——今日子小姐往窗外一指。

我雖不明所以，卻照著她的話做。

窗外是花都巴黎的美麗夜景——太好了，看來我並未遭綁到地獄。自從我醒來至今，窗簾一直都是拉上的，所以我直到現在才知道，原來這家餐廳位於超高樓層，可以將巴黎的夜景盡收眼底。

只是，東張西望看遍窗外的壯闊夜景，卻完全找不到艾菲爾鐵塔閃閃發光的紅色身影——是在另一側嗎？

於是，我轉身走向另一側的窗戶，拉開窗簾。

「……咦？」

即便如此，視野裡還是不見艾菲爾鐵塔的身影。

怎麼可能，姑且不論在地面行走之時，來到這個高度，看出去不可能看不到那座巨大的建築物——除非被怪盜偷走了。

「你……你施了什麼魔法啊？今日子小姐！」

「要問我施了什麼魔法——就只是執行方案二罷了。『艾菲爾鐵塔消失大作戰』——我原本是計畫在入夜後依舊燈火通明的城市裡，關掉艾菲爾鐵塔的燈光，讓鐵塔『消失』。但在將點燈解釋成『博愛的象徵』還講得頭頭是道之後，實在不便使用這樣的詭計，所以就直接借用了矍鑠伯爵費心安排的絕佳情境。」

面對嚇得魂飛魄散，過度受驚而回過頭來的我，今日子小姐邊啜飲著第四杯葡萄酒，為我揭曉真相。

「你被綁來的這家餐廳，就開在艾菲爾鐵塔裡呀。」

這裡可是全巴黎唯一看不到艾菲爾鐵塔之處呢——

不傷及任何人，忘卻偵探展現淑女風範，成功偷走了那位討厭鐵塔的文豪心中——最為核心的思想。

附記

於是，這起高潮迭起的事件總算落幕，我與今日子小姐參觀了羅浮宮美術館、凡爾賽宮、聖米歇爾山之後，平安無事地回到日本——原本應該是這樣的，要是能這樣為這趟旅行畫上休止符就好了。非常遺憾，我們並未能迎接這麼美好的結局到來。

怪盜紳士離開後，命運的惡作劇繼續捉弄著我們。

隔天，今日子小姐記憶重置，雖然多少有些波折，但終究我還是得以陪同她抵達機場。

可是在機場等待我們的，卻是一群身穿黑衣的神祕男子，還有一群穿著黑色斗蓬的神祕女性——以及飛往英國的包機。

來到英國的今日子小姐，與自稱「當代重生的莫里亞蒂教授」、奇怪又奇妙的狂人魔術師展開了一場你來我往、互不相讓的推理大戰——實在是無法用一句話來說明全貌。這段撼動整個英國、人仰馬翻的冒險奇譚，要說其中有一絲慶幸，無非是身在英國的掟上今日子始終是一名偵探。

身為怪盜淑女，處處向亞森・羅蘋致敬的今日子小姐也不壞，但身為偵探（福爾摩斯）的她還是最好的。

但願有朝一日，我與今日子小姐的回憶——或許又將是綴滿我片面思念的「旅行記」第二作，能在一切不復記憶之時，仍有幸承蒙一閱。

寫在最後

旅行主要有兩種目的，一種是以目的地為目的的旅行，另一種是以享受抵達目的地的過程為目的的旅行，兩者皆有各自的樂趣，當然若能夠兼顧，那更是夫復何求了。順帶一提我個人是後者，享受移動時間的類型，我喜歡遊走各處。該說愈是長途跋涉愈能樂在其中嗎，還是該說愈花時間愈開心呢，抑或其實是喜歡待在交通工具裡頭？說不定，我是喜歡在旅途中只能看書的狀況。那不就只是喜歡看書麼……？不，旅行途中看的書可是非常特別的。我甚至認為再也沒有比旅行移動時更適合閱讀的時刻，不過，也因此有時會陷入「到底是為了什麼來旅行」的尷尬。究竟是為了前往目的地，還是為了享受移動時間，或是為了專心閱讀呢？說到底應該是三者都有吧。但也因為如此，無論我是為了三者，還是為了其一而出遊，都不太能夠針對一個地點來場深度旅行，所以心中多有嚮往。不是長途跋涉，而是長期停留的旅行——會是什麼樣的感覺呢？並非以前往景點或體驗過程為目的，而是以旅行本身為目的的旅行嗎？本書就是在這種想法下寫出來的，仔細想想，如同寫小說與看小說具有異曲同工之妙，旅行與寫作或許也是很相似的吧？其實是為了看更多書才寫小說之類。

總之，忘卻偵探系列來到了第八集。對於記憶每天都會重置的今日子小姐而言，長途跋涉暨長期停留的海外旅行，原本就已經是勞師動眾的大冒險，這次還得跟怪盜鬥智。我一直想嘗試寫一遍「偵探vs.怪盜」的構圖，結果卻導致本書的風格稍微與至今的忘卻偵探系列有些出入。但又覺得這也很符合這個不斷重置的系列應有的作風。就小說而言算是一種重置，感覺每次寫都能是個新開始，每次寫都能以開創一個新系列的心情來創作，也滿不錯的。感謝閱讀今日子小姐in巴黎篇《掟上今日子的旅行記》。

VOFAN先生這次畫了戴著太陽眼鏡的今日子小姐，真的非常感謝！為了追上今日子小姐的速度，我打算趕快開始動筆寫第九集《掟上今日子的裏封面》了，請多多指教。

西尾維新

娛樂系 032

掟上今日子的旅行記

作者 西尾維新
譯者 緋華璃
責任編輯 林依俐
封面繪圖 VOFAN
封面設計 Veia
版型設計 POULENC
行政編輯 高嫻霖

發行人 林依俐
出版 青空文化有限公司
100台北市中正區忠孝西路一段50號
22樓之14
讀者服務信箱：service@sky-highpress.com

總經銷 大和書報圖書股份有限公司
電話：02-8990-2588

印刷 前進彩藝有限公司

出版日期 2018年2月 初版一刷
定價 260元
ISBN 978-986-96051-2-0

《OKITEGAMI KYOKO NO RYOKOUKI》

國家圖書館出版品預行編目(CIP)資料

掟上今日子的旅行記 / 西尾維新著；緋華璃譯 .
-- 初版 . -- 臺北市：青空文化, 2017.2
240 面； 10.5 x 14.8 公分 . -- (娛樂系；32)
譯自：掟上今日子の旅行記
ISBN 978-986-96051-2-0(平裝)
861.57 107000903